FLORET READING

【愿望花店】系列 03

鹦歌
妍舞

拾差 著

贵州出版集团
贵州人民出版社

拾　差
Shi　Cha

小 花 阅 读 签 约 作 者

95 后中年少女。

喜欢听佛经和唱诗班音乐，所以是个挺佛的人。

希望做个走在路上的人。

个人作品：《鹦歌妍舞》

每个人都闪闪发光

我来长沙的那一天，很不一般。

启程的日子，是我的外婆翻着她的老皇历，挑了一个宜出行、宜迁居、宜开张……反正是万事大吉的好日子，让我改签了一趟高铁才定下来的。

按她的话说就是："你要开始你人生的新阶段啦，一定要挑个黄道吉日。开头运气好，以后就万事顺意了。"

我外婆是个信佛的老太太，平时吃斋念佛，没事就跟她的老姐妹团一起念经叠元宝，偶尔还会在半夜两三点叫我起床，跟她一起去香火旺盛的寺庙里烧头香。

然而，老太太骗了我，或者是她的皇历欺骗了她。

当天长沙下大雨，我却忘记带伞了，雨大得滴滴打车都不接单，站在地铁站等了差不多半小时，才终于等到一辆空车。更别说中间的磕磕绊绊，我还差点弄翻了指甲盖。总之，那天看上去并不像是一个宜出行的日子。

说这么多，是想聊一聊这个可爱的小老太太。

《鹦歌妍舞》里的许阿婆，很像我外婆。不，可能就是她吧。

大家都说，自己的笔下，多多少少会代入身边人物的缩影。而当这本小说写完，我才发现，我在外婆家度过的童年，能回忆得起来的，有大半都在里面了。

那座青瓦白墙的小镇，那群八卦却又热心的邻居，那个每晚睡前翻来覆去可从来听不厌的大虫吃小孩的故事……那段已经记得有些模糊的回不去的从前。

这个故事，或许在以后看来，会有很多不足。

因为这是我自高考后写的第一篇作文，甚至字数还是以前的不知道多少倍了。

我懵懵懂懂地写人设，完善细纲，编织出一张人物关系网……做了以前不曾做过的事情，创造了我喜欢的骆一舟和向妍、钟离、郁冉、骆金刚……

里面的每个人都是可爱的，就算是性格中有些小执拗，但他们在生活中都是闪闪发光的角色，如同我们每个人。

希望那些年教过我的语文老师，不至于觉得我丢了他们的脸，也希望你们喜欢这个故事。

拾荠

大家好，我就是骆一舟的鹦鹉小可爱骆金刚。想给大家直播一下，自从我的老大有了对象之后，我每天在他俩的互撩日常中，遭受了无数点暴击。

这狗粮，我不愿意一只鸟吃！

骆一舟

我老大，活了一千年，还是栽到一个小姑娘手里。

向妍

我老大的对象。

1. 不见面怎么撩 ——

今天镇上空气很好，太阳晒得背暖呼呼的。

我挥了挥毛，打算睡个暖洋洋的觉，就被老大粗暴地拎了出去，走到了向妍……家门口。

许阿婆笑容和蔼："小骆来看妍妍的吗？"

我听见了老大一本正经地回答："是，骆金刚太吵，闹着要飞出门，正好我今天没什么事，想着来给向妍看下脚，就跟着它一起过来了。"

（Excuse me？我太吵？要不是看在妍妍家有特制小鱼干吃，这个锅我才不背！）

2. 开会时要撩——

开会的空隙里，老大熟练地点开微信里的置顶聊天框，心思荡漾地问："你今天是不是提起我了？"

"没有！我没事提你干嘛？"妍妍回得很快嘛。

"我的耳朵刚刚红了一下，一定是你在念叨我。"

（老大你的脸皮呢？不存在的。）

3. 坐车时要撩——

"阿嚏！我怎么觉得车里面有点变冷了呢？"妍妍颤巍巍地探出一只手，在黑暗中寻摸着老大。

而老大闷骚地调整自己的位置，把右手臂膀恰好放在妍妍要摸索过来的位置。终于，小手成功与大手会师。

老大表情愉悦地开口："你得记住，这次是你先动的手。"

"什么？"

"你先摸的我啊。"

（老大的心机啊，感觉小妍妍再多长一辈子也不够。你说你不是老司机我都不信！）

4. 出差了必须撩——

离开妍妍的第一天，老大拿着手机坐在草坪上拍天空，横着拍完竖着拍。

他倔强地把唯一一颗星星定格在画面里，熟练地打开手机，发送给妍妍："有一颗星星要送给你。"

希望你收到照片的时候，能够抬头看一眼天空，而跟你在同一幕天空下，看同一片星夜的我，便觉得你在我身畔。

（老大啊，活了一千年，还是栽到一个小姑娘手里。）

5. 日常各种撩——

"我胖了好多，你看我下巴圆了一圈。"向妍叨叨着。

老大非常实诚地捏住妍妍的两颊："我没看出来，上手试试。"

"你在看什么？"

"看你脚好看。"妍妍耳朵绯红。

"我脸也挺好看的。"老大屈腿弯腰靠近她耳边，"免费欢迎你来看。"

（果然……不要脸才能有老婆。）

6. 妍妍终于开始反撩——

"我觉得我很委屈。"

"那怎么办呢？你就委屈一下下好了啊。"

"凭什么我要委屈自己？"他缓缓靠近，气息包围，将她裹住在怀抱里。

向妍双手捧住他的脸，最后直直地望着他的眼睛。

"可能是因为我会补偿你。"她大着胆子，凑过去，"像这样。"

虽然我已经做好心理准备了，做一只直面撒狗粮的单身鹦鹉。但是，你们……收敛一点点好吗？

YINGGE
YAN
WU

目录

目录

Chapter 1

"我可能遇到了这辈子见过的最好看
的男人。"

01

奥地利，维也纳。

"我可能遇到了这辈子见过的最好看的男人。"

向妍驻足在人群中，不知道呆望了多久，回过神，她利索地在
手机里打出这行字，发送给待在酒店房间没出来的好朋友郁冉。

克恩顿大街在复活节假期后恢复了以往的繁华热闹，车如流水，

人声嘈杂。临街两侧伫立着巴洛克风格的建筑群，风格迥异的露天咖啡厅错落有致地在街道两旁一字排开。不知名的玫红色小花簇拥着在这个异国街头自由生长。

顺着这条街走到底，视线豁然开朗，目之所及是一个四通八达的喷泉广场。

而向妍和郁冉提到的当事人，就站在她面前。

男人有一副亚裔面孔，五官立体深邃，头发被修剪到一个清爽的长度，刘海碎在额前，整个人干净透彻得宛如一个二十岁出头的少年。但按向妍不入流的识人技术判断，他大概是二十六岁的样子，多出来的六七岁归结于他比面容更成熟的气质上。

他站在广场中央，闭着眼自顾自地演奏着手里的小提琴。虽然小提琴是一种听觉享受，但向妍觉得，男生拉奏的动作处理得刚刚好，自在随意，与她之前看过的交响乐团相比，更加赏心悦目。

音符流畅地弥漫在空气中，钻入在场每个人的耳朵里。一首本该充满浪漫的《爱之喜悦》，在他的表演下，平添了几分欢快和轻松。

他心情肯定很好，就像是在他右肩上的那只五彩金刚鹦鹉，不停地扑棱翅膀，在肩膀那点狭窄的地方不停来回跳动的那样高兴。

可能也像自己。向妍把视线落在自己的脚尖。

柔和的琴声像是号角，引发她身体的每处神经末梢去捕捉空气中的糖分。飘散在空气中的咖啡香气，朝天空延展的花骨朵儿的清香，巷口转角处面包房的甜腻……

向妍的梨窝按捺不住，在姣好的脸庞上若隐若现。

下午三点多钟的阳光自他身后倾洒下来，与许愿池中喷射出来的池水相遇，氤氲出几道炫目的彩虹光芒。耳边的音乐放慢旋律，变得缓和悠扬，向妍和周围的观众一样沉浸在甜蜜的氛围里，并没有注意到，闭目演奏的男人此时睁开眼睛，幽深的目光，投注在她身上，乌黑如墨的眼底浮现细碎的光芒，原本平静无波的嘴角几不可见地上扬。

骆一舟不顾耳侧声波震动的烦恼，继续往小提琴声里注入妖力。

我和你的相遇本该如此，雨后初晴，风和日丽，这个世界温柔且美好。

02

一曲终了，四周陷入一片仿佛连扬尘都不曾有的安静。

片刻之后，围观的群众才从回荡的音乐声中清醒，掌声由弱及强，人群里见缝插针地传出几声听上去很激动的"Bravo"。

渐渐地，有人开始朝原本就敞开放在地上的空琴盒里投入不同面值的欧元作为谢礼。

没一小会儿，盒底一层已经松松散散地被花花绿绿的钱币覆盖，粗粗估算，大概有几百欧元了。

一首曲子，就能赚这么多。向妍从来没想过，发家致富可以这么简单。

然而，骆一舟却不甚在意，他压根没往琴盒里瞥一眼，脸上保持着不温不火的笑容，右手拿着琴弓放在胸前，向三个方向的人群稍稍欠身示意，然后就和周围跟他攀谈的人有一搭没一搭地聊天。

音色偏低，却不沉闷。向妍听不懂德语，但不得不承认，从他嘴里说出来的日耳曼语，意外地很好听。

她随大溜，从包里掏出钱，弯腰把10欧元放进琴盒。起身离开之前，她抱着"难得看到活了小半辈子才遇到的最好看的人，不再看一眼以后可能就再也见不到"的想法，最后又自以为不动声色地重新打量了他一番。

"Are you Chinese？"
这道声音粗粝得像是声带被磨砂纸狠狠打磨过。

它出现的时间不太凑巧，偏偏在刚刚的小提琴曲之后，仿佛瞬息之内让人从天堂掉入地狱。向妍下意识地皱眉，回头寻找问这个问题的人。可几米之内，都没有和她视线交会的人。

直到她发现，不知道什么时候已经把阵地转移到琴盒盖子上的五彩金刚鹦鹉，正在张嘴说话："I'm here, ok? Look at me."

啧，还是这么刺耳。

但她无暇去抚慰自己的耳朵，这个当口，她亟须重回高中，去问问生物老师，现在的物种进化都已经演变到鹦鹉能正常和人交流的地步了吗？

似乎察觉到她的难以置信，金刚鹦鹉有种"干了票大事"的自豪感。为了再次显摆自己的社交能力，它克服一人一鸟之间的海拔差距，努力仰着脖子，倨傲地开口："靓女，你是中国人吗？"

这回是用中文。

世界之大，无奇不有，连鹦鹉都能流利切换语种。

向妍在心底默念了几遍八荣八耻和科学发展观要义，才堪堪压制住脑海里呼啸而出的满屏弹幕。这是她们舞团这次出国交流之前，老团长为了激励成员为国争光的士气，特地打印出来让大家背诵的。

由于想表示对这只看起来智商已经追赶上人类正常水准的鹦鹉的尊重，向妍蹲下身："我是。你也是中国……鸟？"

最后的"鸟"字因为突然改口，音调变得有点怪异。但她适时地转变，似乎想让鹦鹉感受到她对它的尊重。它先转动脖子，把头快速地埋进翅膀里啄了几下后，清理完毕油光锃亮的羽毛，才满意地挺起肥胖的胸脯："你好女士，很高兴认识你，我叫骆金刚。虽然祖上产自美洲，但我有一颗根正苗红的中国心。"

如此高尚的爱国情操，向妍佩服地竖起大拇指："那你真的很棒棒。"

"我也这么觉得。"骆金刚神气地张开翅膀，"我就知道……"

它知道什么，向妍已经无从得知。

因为骆金刚的主人过来掐住了它喋喋不休的鸟嘴。

向妍把目光转移到骆一舟脸上。

自己活了小半辈子才遇到的最好看的人，突然间冲破人与人的安全距离，来到她面前。如果不偷瞄几眼，似乎有点对不起此刻近在咫尺的这张脸。

轮廓立体，鼻骨挺直，下巴线条瘦削坚硬。瞳孔是深邃的黑色，仿佛可以吞噬所有物体的黑洞。

近看他的脸，也没有任何瑕疵。

直到发现骆一舟似乎感受到她克制又放肆的目光,扫了她一眼,脸上慢慢出现笑容。

刚才她是看了多长时间?他是不是在嘲笑她?

现在这个状况,她要说点什么吗?

向妍的喉咙有些发紧,却找不出什么热场子的话。往日里自称是社交达人,现在却觉得自己在交流方面还是不能得心应手。

为了掩饰情绪上的小紧张,她故作大方地站起身,努力按压住想要把耳边掉下来的发丝撩回去的手。

骆一舟假装没发现向妍的窘迫,用手不轻不重地点点骆金刚的头:"你话有点多啊,骆金刚。"

五彩金刚鹦鹉低着头,一副乖乖受训的样子,连咕噜咕噜的声音都没有。

"钟离给你列的行为准则里是不是有'多做事少说话'这条?"

骆一舟倒是已经习惯这只鸟宛如机关枪般的嘴,每天絮絮叨叨的,还挺活泼,但不保证它不会吓到向妍。

鹦鹉的头变得更低了。

"它其实挺可爱的。"向妍终于迈出社交第一步。

向妍夸这只鸟了,骆一舟在心里又记上一笔。他站起来,问:"不觉得它很烦吗？"

他说中文似乎更好听。

发音标准，吐字清晰，语调是南方水乡的柔软，可是语气有些随便，有些吊儿郎当。

感觉像，看一眼便让人觉得凛然不可侵犯的高山之巅，突然之间变成很有烟火气的你邻家大兄弟。

向妍把这荒唐的想法抛之脑后，她斟酌良久，直视骆一舟。只是游移不定的目光定格在骆一舟光洁的下巴处，再也不敢往上偏移半分。

唔，一个下巴就这么帅气，上帝果然是不公平的。

向妍说："你家的鸟很爱国。"

就像和当父母的一定要夸他们家孩子的定律一样，有宠物的也一定要多赞美他们的爱宠。向妍自认为找到了一个合适的搭讪话题。

爱国？他怎么不知道这只鸟有这么高的觉悟？

骆一舟看清向妍脸上的不作伪，转而斜觑还主动在盒子上罚站的鸟，一瞬间猜到骆金刚刚才说了什么话，昧着良心帮鸟认下了向妍的夸奖："嗬，确实，只要千岛湖的银鱼不灭种，这只鸟绝对比谁都爱国。"

语气戏谑，似笑非笑的表情让骆金刚的身体哆嗦了一下。

"鸟生艰难，命运多舛"八个大字劈得它两眼发黑。

向妍暂时还没有领悟分辨鹦鹉神情的技能，她只想到刚才骆金刚大言不惭的自我介绍，梨窝越发明显："难怪它这么肥。"

肥吗？骆一舟心思一动，重新审视跟着自己活了几百年的五彩金刚鹦鹉。任何活物在他眼里，不过一堆血肉白骨，肥胖美丑这些根本不值得他骆川王费一眼工夫去注意。现在被向妍当着面说肥，骆川王觉得自己的面子有点折损。

毕竟这只鸟跟着他姓骆。

他轻轻用脚尖踢了一下已经躺平任他鱼肉的鹦鹉："是挺有肉感的，今晚开始就给它减肥。"

骆金刚听到这个噩耗，有苦不能言，两行清泪从眼里流下来。它就知道不能赶在骆川王之前和向妍搭话。可家里的二大王说，要想活得好，必须先抱紧向妍的大腿。

鸟的脑容量有点小，起先不太明白意思。后来经过二大王的谆谆教诲，它把这句话当作是鸟生的指路明灯。

接收到鹦鹉从绿豆般大小的眼睛里投射出来的委屈目光，向妍意识到自己可能做错了什么。

"我……说错话了吗？"

"怎么会？"骆一舟笑得温柔可亲，"鹦鹉太肥影响寿命，我以前没注意，感谢你提出来。"

她无意再插手这对主宠之间的减肥问题，也记挂着在酒店里等她喂养的好朋友，于是她干笑着表示："表演很棒，那我就先走了，再见。"

"好，再见。"

骆一舟点头，直到向妍消失在街角，脸上的笑容才慢慢收回。

骆金刚问："骆川王，你不高兴？"

"嗯。"

"那你怎么没有和向妍多说几句话，就这么干脆地放她离开？"

"因为，我们马上要去收拾一个让我不能和她多说几句话的鬼东西。"

再说了，他说的再见，是一定能再次见面。

既然这样，为什么不开始期待下一次见面的时机？

骆一舟从琴盒里挑选出向妍放进去的那张10欧元，把它折叠好放进自己的口袋，才胡乱把盒子里的那些钱扒拉到角落，放置好小提琴。

"把这堆碍事的东西解决了。"他这样子吩咐金刚鹦鹉。

下一秒，这些纸币果然消失在鹦鹉身上不知道藏在哪里的储物空间。

而此刻，神通广大的骆一舟并没有想到，他所期待的下一次见面的时机，来得这么突然。

03

向妍是走出了一半路程，才发现自己的长命锁掉了。

虽然是不太贵重的东西，但长命锁是她父母送给她的，自出生以来就戴在身上的东西。于是，顾不上快要饿死的郁冉，向妍急匆匆原路返回，去寻找长命锁。

阳光从茂密的枝丫间穿插而过，投在地上碎成一个个光晕。向妍顾不得欣赏路边的嫩绿与玫红，低头扫视长命锁可能出现的每一个地方。

这个时候路上的人流已经少了大半，这无疑给她的寻找工作带来了便利。

终于，在一个街道拐角处找到了刻着她名字的长命锁，她松了一口气，提着的心随即落回了原处。

长命锁链条的连接扣子断了，向妍只好把它收进包里的小夹层。

正准备转身离开，她隐约听到前面箱子里传出来的争吵。其实这么说不准确，争吵中还夹杂着东西摔到地上的碰撞声，以及因为疼痛忍不住发泄出来的闷哼……

除去电视电影里看过的，向妍在现实人生中从来没遇到过打斗的场面，但这些声音加在一起，不难判断出巷子里正在上演的画面。

按照向妍一贯明哲保身的性格，她肯定不会怀有丝毫去打探究竟的想法。可偏偏，她还听到了鹦鹉尖厉的叫声。

眼前倏地浮现那只眼睛里透出聪明劲儿的五彩金刚鹦鹉，以及它帅得人神共愤的主人。

向妍可能是被美色迷惑，也可能是看在同胞的情谊上，她拿出手机找到大使馆的电话，小心地往巷口的方向探出了第一步。

骆一舟这次来维也纳，其实是出公差。

奥地利的一位音乐家，两个月前在国内拍卖会上标下一个宋代哥窑梅花洗，把它带回维也纳之后，他家里就被霉运缠身。母亲生病住院，妻子差点流产，就连他自己都搞砸了好几场音乐会。

打电话回拍卖行追根溯源，查出是一只千年槐树妖，附身在这个笔洗上面，偷渡出了国。结果作威作福，一发不可收拾。

国外也有负责这些灵异事件的小分队，但是，出了几次现场之后，伤亡过半的他们还是决定把这件案子交给有历史底蕴的中国调查组来负责。

于是，身为国家神秘事件调查组客座指导的骆一舟，就接了这个任务，远渡重洋过来收拾槐树妖了。

槐树妖到底是有两把刷子的。

骆一舟虽然在血统上能轻易压制他，但毕竟不及他万年的修为。在好不容易控制住他，准备把他送进困妖塔中的刹那，槐树妖发起最后一击，趁着骆一舟躲避的当下，溜了出来，所以才在维也纳街头，又展开一次战斗。

这方小天地因为布下结界的关系，比外面的世界更晦暗阴森。

骆一舟站定，眼睛不带一丝温度地看着槐树妖几步一跃，准备从空中破界遁走。

不知从哪个角落突然出现的骆金刚，扇动翅膀，每一下都扇出一道罡风。最终，槐树妖无力抵抗，重新落在地面上。

骆一舟适时地凌空飞出一脚，正好踹在槐树妖的胸口，他立时口吐鲜血，向后飞出一大截之后才落地滑行。

而向妍，看到的就是这番景象。

森冷的巷子里，骆一舟不像在喷泉广场的那副神圣不可侵犯，也不如后来嬉笑怒骂皆随意的模样，他如同换了一个人，神色冷淡，视生命如草芥，眼里遗留下一丝血色，浑身带着钻心刺骨的寒意。

向妍被他瞥来的一眼，冻僵在原地，连逃跑的力气都荡然无存。

向妍路过这个巷口，加上她可以透过结界看到这一切的概率有多低？

这么小概率的事情都能被他遇上，自认为是好脾气的骆川王在心底开始唾骂起这操蛋的人生。

他身上气势全消，丢给槐树妖一个眩晕术，指尖随意晃动两下，就给几条街之外的人发去了来收尾的命令。

可做完这些，他却仍然站定不动，面对向妍满是惊恐的神情，他不知道怎么解释才好。

骆金刚自封为骆川王的得力助手，接收到他为难的求助，于是有意缓解气氛。它从高空滑翔下来，在离向妍两米开外才一个回旋收住势头，轻巧地落在她肩膀。

"哎呀，你在这里呀！好巧，是不是感受到了冥冥之中的召唤来欣赏骆川王的英姿？"鹦鹉的声音里充满了喜悦，卖弄文采，"都说前世五百次回眸，换来今生的擦肩而过……总之，我们前世今生都有缘。"

金刚鹦鹉大刺刺的声音，让静默的空气重新流动起来。

向妍没心思听它到底在说些什么，敷衍地点头，对这番她其实并没有听见的话表示赞同。

然而，骆金刚在收到她的回应后，就心满意足起来，转而得意地继续它的开解："你别害怕。骆川王没受伤，这对他来说是小意思。来一个灭一个，来两个杀一双。"

来两个杀一双，那她是不是来的第二个？

心神未定的向妍，闻言对骆一舟更加惶恐，她双手用力攥紧，把轻微的颤抖掩藏在身后。

"以前对骆川王不服的人，全被他打倒……"

骆金刚说着说着就没声音了，它脑海里收到了骆一舟让它闭嘴的命令。不是很明白为什么这样子的鹦鹉疑惑地看向骆一舟。

"骆金刚不会说人话，你别听它瞎说。"骆一舟拒绝猪队友泼的脏水，为自己洗白，"这人是小偷，刚才逃跑的时候还划伤了一位警察，我只是路过帮忙搭把手。"

像是验证他说的话，警车在巷口处停下，有几位身着制服的警员朝骆一舟敬了个军礼，就带着昏倒在一边的槐树妖上了车，扬长而去。

如果是电视剧，隔着屏幕欣赏的向妍一定会捧场说动作很帅。可活在和平世界的她觉得，骆一舟太可怕了。

是，她不惧怕打架斗殴，唯独在意的是，没有伪装的骆一舟身上的血雨腥风太浓重。

"我……"向妍清了清嗓子，又不知道该说些什么，只能干巴巴地说，"我想，我该回酒店了。再见。"

虽然已经清楚骆一舟是在做好事，但刚才的一幕还是给她的小心脏蒙上一层阴影。暂时还没有完全消化的她，只能选择赶紧离开这个让她充满恐惧的地方。

她把骆一舟扔在巷子里，头也不敢回地一口气跑出几公里后，才喘着粗气，重新发了一条信息给郁冉。

"刚才那条消息别当真。帅归帅，但他特别吓人，我觉得我从鬼门关回来了。"

再次被留在原地的骆一舟，看到向妍落荒而逃的身影，无奈地笑出声。

他拿出兜里振动的手机："喂？"声音里，还带着没有收回的笑意。

"这么高兴，你是见到了向妍吗？"

"是，还见到了两次。"

"祝贺你啊。"

骆一舟脸上的笑容渐渐隐去："她看到我收拾槐树妖的样子，现在被吓得逃走了。"

他罕见地叹了口气：真是帅不过三秒。刚设定完一个完美的相遇开场，就把人给吓跑了。

"是吗？那你在她脑海里会挥之不去的。"

怎么说也是抚养骆一舟长大的人，二大王别的不敢保证，顺毛摸一定很有办法。他显然又找到了一个正确的说法，因为骆川王的神色突然轻松了很多。

"先不说了，我去忙了。"

二大王提出疑问："不是已经收拾完槐树妖了吗？还忙什么？"

"接下来收拾的是一只连话都不知道怎么说的废鸟。"

唉，那只五彩金刚鹦鹉是怎么惹到他家山大王了？

Chapter 2

"做那么多事情，就是为了能够靠近
她，值得吗？"

01

上次的事情，向妍一回到酒店，就和郁冉说清楚了前因后果。可是，也许是她描述得太有文学性，郁冉表示她说的这个故事有夸大成分，并不相信一个人能戾气到看一眼就让你心里发寒的地步。

最后，这起偶遇街头斗殴的事件，就像是小石子落入池中激起了小水花，水面一下子又恢复了平静。

出国交流的舞团，在回国之后都有一周的小假期用来调整状态。

向妍自小跟外婆两人相依为命，这时候更加归心似箭地抛弃郁冉买了一张回家的高铁票，五个半小时又加上两趟汽车的中转，才到达生活了十多年的龙湾镇。

龙湾镇偏居在 A 市郊区东南一隅，在 A 市全市齐头并进发展得日新月异的时候，它却像是被遗忘在脑后，仍然保留着十多年前的淳朴古镇模样。

四月初，还处于南方的回潮天，向妍到家的时候正赶上一阵连阴雨。

斜风细雨，她拎着袋子打着伞，走在青瓦白墙之间，光滑的青石板路之上。路边不时有戴着斗笠的人，步履匆忙地从她身边经过。偶尔有打着伞的中年妇女，在认出她之后，热情地跟她寒暄起来，话题大多围绕着"工资多少""有没有男朋友""最近又去哪里演出"……这些问题。

不知道是下雨天让青石板路更加滑溜，还是她分出太多心神去回答这些有的没的的问题，她在离家门几步远的地方，一不留神摔了一跤，脚踝传来一阵锥心的疼痛。

她一直没有搞清楚"水逆"的具体意思，但这不影响她怀疑自己最近在走霉运。

"许阿婆，你家妍妍摔倒了。"

向妍外公姓许，所以大家都按照夫姓，喊她外婆为许阿婆。

小镇上的人虽然有小市民普遍的八卦心理，但仍保留着一腔友善的热情。有人一左一右地把向妍扶进家门，让她坐在一楼大厅的椅子上，有人帮她把行李一道送过来，有人自告奋勇地去镇上的诊所喊医生过来看诊。

安置好之后，大家也无心留下来妨碍病人休息，一股脑儿地全都撤了。

向妍瘫在大厅内的木椅上，左大腿支着凳子，让脚踝悬空。旁边是进进出出一直拿东西的许阿婆。

许阿婆今年 62 岁，因为爱美，和老姐妹们一起将头发染黑。除了早年因为眼部动过手术，现在眼睛时不时会流眼泪之外，还是个康健的小老太太。

为了不挨骂，向妍没话找话地想转移话题："外婆，邻里乡亲的都挺热心的哈。"

许阿婆看着向妍肿了一圈的脚踝，皱着眉头："咱们这里不都这样吗？远亲不如近邻。"到底，话题还是转移不了，"自己是跳舞的，都不知道当心点。这么大人了，走路还走不好，你说你还能干吗？"

不近人情地训了一通，许阿婆又软下声音来："还疼吗？"

"没什么大碍的外婆，就是崴了脚。"跳舞这么多年，这些小毛病大概还是知道点的，她接着说，"正好，我有理由跟团长多请几天假，在家多待几天了。"

至于多待几天，之后舞团排的舞蹈她能担当什么戏份的角色，并不在她的考虑范围之内。

她说得轻松，但刚才摔倒的那一下疼得眼圈泛红，这时候还没有褪去，所以说服力有点不足。

许阿婆憋着没说话，心里有点难受，以前向妍说去跳舞，她心里就有些不同意。台上一分钟，台下十年功，还得摊上无数磕磕绊绊的大小毛病。可再多的不愿意，也架不住向妍自己的意愿。后来向妍怕她担心，即便受伤，也会告诉她不疼。

她心疼地把手搭在向妍伤处附近，手掌有一层薄茧，触到皮肤上有点刺痛，却有着妥帖的温暖。

"咱们这儿的钟医生，医术很好的，等下让他来给你看看。你平时跳舞也一样，一定要多注意保护自己的身体。"

这段话更像是在宽慰自己。

"知道啦，外婆，我以后会小心的。"

说话间，敞开的院门口传来一阵敲门声。

一个打着伞的顾长身影逆着光站在门槛外，看不清楚模样。他不像串门的其他邻里，而是极有规矩地站在门外，等待主人的邀请。

向妍的心里莫名涌上一股不对劲，熟悉感迎面而来，有一个细微的声音在心里响起，却被她无数次地否认。

终于，当那阵聒噪的鹦鹉叫声响起，向妍不得不感慨，世界原来真的这么小。

"你是……"

许阿婆看到来人并不是熟悉的钟医生，有些奇怪。

骆一舟带着一身水汽进到大厅。白色线衫搭棒球外套，下面是黑色收口运动裤配白色运动板鞋，浑身洋溢着乖巧的学生气。他脸上带着深受老人家喜欢的好孩子表情，有问有答："阿婆，我叫骆一舟，是诊所新来的医生，跟在钟医生手下学习的。"

他不满今天钟离给他挑的这身衣服，让他看上去太年轻，不足以取信别人，所以又多加了一句话："您放心，跌打损伤我拿手，所以钟医生才让我来看看。"

昔日巷子里，骆川王的矫健身姿还在向妍的脑海里萦绕不散。她回过神，看着眼前惯会做表面功夫的骆一舟，果断开口拒绝："不不不，这点小伤哪会麻烦到你。我就是崴了脚，自己贴张膏药就好了。"

唯恐避之不及的样子，让一旁的许阿婆都有些侧目。

骆一舟脸上的笑容不变，他没有看向妍，直接跟许阿婆说："阿婆，听说您家因因是舞蹈演员。跳舞的人，腿是最重要的。我这里的膏药都是自配的，比外面的管用一些，就让我看看吧。到时候我也能跟钟医生回个话。"

这个理由戳中了许阿婆的软肋。

"骆医生，你别介意。"随后，许阿婆板着脸对向妍说，"人家骆医生都出诊了，你还推三阻四的干什么？嫌我还不够操心的吗？"

立在药箱上不说话的鹦鹉，不由得对骆一舟投注佩服的目光。

骆一舟坐在矮凳上，左手抓着向妍脚踝的上方，右手托着她的脚掌。

她的脚很少暴露在阳光下面，所以白白的、小小的，指甲粉嫩透明，几乎是他一个手掌的长度。

发现自己遐思纷杂，骆一舟凝神，回头对一旁等结果的许阿婆报告病情："阿婆，没大碍，您别担心。一般性的踝关节扭伤。"

这种小伤，有他在，分分钟康复的事情。

骆金刚一听他这么说，马上飞到他肩头，顾不得"太岁头上不能动土"的警世名言，用爪子使劲挠了一下骆一舟，用神识传音："二大王说，要强调你的治疗地位！"

"但您外孙女以前也崴过脚吧，这里形成一个惯性伤，以后很容易脱臼崴脚。"骆一舟重新圆场，"阿婆，您放心，这次好好根治，以后就不会有问题了。"

02

因为这个家的掌权人轻而易举地信任了骆一舟，去厨房里准备晚饭。于是，接下来的治疗过程，就只剩两人一鸟。

"又见到你了。"鹦鹉跳到椅子扶手上，"你叫向妍对吗？"

"嗯。"向妍的注意力全都集中在骆一舟的手上。

他准备开始治疗，拿出一张药膏贴在伤口上。

这药贴是钟离炼出来的断骨续生膏，顾名思义是治疗骨折用的。这张在妖界乃至修士界千金难求的药膏现在被拿出来，只是用来装装样子，反正在骆川王的眼里，有病治病，没病强身健体。

骆一舟分出一丝微弱的妖力帮她化散瘀血，隔着一张药贴，伤肿的地方渐渐发烫。

这番架势，让什么都不懂且防备他的向妍有点胆战心惊，生怕他两手一用力，她现在还只是崴了的脚，一下子就会被折断。这么一想，她这条腿上的所有筋骨肌肉全都处于应战模式。

"别紧张，放松点。"骆一舟轻声提醒。

"你让我再做点心理准备。"

"又不是正骨，不会让你痛的。你放心好了。"

"可你看上去，表情严肃得像是要拼命。"

骆金刚听得脚一滑，差点从扶手上摔下来。

给向妍治个脚崴的小伤，骆川王都严阵以待得被当事人认为是要拼命。这是它几百年鸟生以来听过的最好笑的笑话。

厨房里，许阿婆在做饭，刀切在案板上发出的钝声像是一段奏鸣曲，却越发显得没人说话的大厅悄然无声。

脚踝的疼痛已经缓和，向妍的心思也开始活络起来。

本来是萍水相逢不相关的人，她无须在意，可现在骆一舟就住在这个小镇，以后可能还会和外婆有接触。这让记得他冰冷眼神的向妍，不放心地想弄清楚骆一舟到底是什么样的人。

按理说，一个养着一只很聪明的鹦鹉的医生，偶尔休假去国外，在广场上表演小提琴，路见不平帮忙抓小偷……这些都没什么问题。但她就是觉得有点怪异。

"你怎么知道我是舞蹈演员？"

"来诊所找医生的人说的。"

他回国交差登记完就回到镇上，拉着钟离合计怎么才能不留痕迹地制造和她见面的机会。在纸上来来回回修改了计划 A、计划 B……还是觉得不满意，恰好，这时候，就跑来一个十来岁的小孩子送信。

小孩口齿伶俐地把所有事情都交代出来："医生叔叔，许阿婆家的向妍姐姐摔跤了。我妈让我喊你去看看，说她是跳舞的，腿断了就麻烦了。"

骆一舟要不是怕吓着向妍，恨不得一个瞬移过去，即便他知道她伤得并不严重。

被迫头脑风暴了一下午的钟离很开心，拎着诊箱就想过来，跟向妍正式接触接触，可被骆一舟拦在原地。

他揪着钟离的后衣领不放手："你干吗去？"

"顺从民意。他们喊我去看病啊。"

骆一舟抢过诊箱："那从现在开始，我也是医生了。我替你出诊，你就安心在这里看其他病人。"

过河拆桥的本领，他们家骆川王已经融会贯通了。

钟离碍于对方的山大王身份，只能听从指挥。在骆一舟出门前，他还是坚守自己"爱情军师"的职业道德，特意嘱咐了一些他需要注意的事项。

向妍想到她家这边的人，问一个问题能打包送十多个回答的特色，也就了然地点头，继续打探："你是医生啊？什么专业的？"

"……"

所有知识都是通过血脉觉醒来传承，所以没上过一天学的骆一舟，有点接不上话。他在脑海里搜寻了一圈，不打算冒认："我的医术是家传的。你这伤，小意思。"

暮色四合，太阳挂在空中将落不落，周边的云朵被染得通红。院外的路灯已经开始亮起来，天空暗沉沉一片，衬得屋里昏黄的顶灯也有点垂垂老矣。

被按得昏昏欲睡的向妍听到这个回答，脑海中一个激灵，又想把脚从他手里收回来了。

无行医执照的赤脚大夫，一个看不见的标签就被向妍钉在他的身上。

"我给我的腿上了保险的。"向妍不放心地小声提醒。虽然在自己家，但考虑到力量悬殊太大，她有些底气不足。

看戏的骆金刚发觉骆一舟的表情开始有了变化，心里打着草稿，准备回去偷偷跟钟离复述这个场面。

骆一舟确实有点哭笑不得。他没想到当初给她留下的印象太过深刻，以至于现在她还是对他抱有戒心。可该表扬她吗？即使是怕他，也可以小心翼翼的抗议。

称霸一方威风凛凛的骆川王有一天居然沦落到被人质疑的地步。

如果不是怕恢复得太快让她继续生疑，他能把她骨头都升级成金刚石级别的。

骆一舟打算用实力说话。他收回妖力，把她的裤腿放下来："你自己感觉一下，是不是不怎么痛了。"

轻轻踩在外婆准备好的棉拖鞋上，向妍小心地转动脚踝。看来他家传的医术没有骗人，虽然腿上的红肿还没有消下去，不过确实不痛了。

她垂着头，倔强得不想开口承认他的功劳。

"就说嘛，骆川王肯定能药到病除！"骆金刚充当一回事后诸葛亮，想着没能来的二大王，又加了一句，"钟离炼的药也很管用。"

骆一舟见向妍一副非暴力不合作的样子，没跟她一般计较，弹了一下鸟的脑袋："就你知道。"

03

骆一舟被许阿婆留下来一起吃了顿晚饭。

饭桌上，两个人聊得很开心。

许阿婆说向妍小时候不学习老是去跳舞，她操碎了心；骆一舟说向妍现在都是舞蹈家了，还代表国家出去和别国交流，真了不起。

一个贬一个夸，骆一舟深谙聊天的艺术，说得许阿婆皱巴巴的脸颊笑出一朵花。

低头数米粒的向妍被遗忘在一边，同样被冷落的还有一只怕太会说话吓坏老人家所以全程闭嘴的鹦鹉。

直到骆一舟带着鸟消失在茫茫夜色中后，许阿婆才想起她还有一个隔了大半年没见，今天才到家的亲外孙女。

"小骆这小伙子人真好。"许阿婆坐在椅子上，喝着茶，余光察看向妍的反应，"你看，26 岁的大小伙，医术好，还会乐器，平时喜欢看书，关键是，长得也精神。"

她不像别的老人家，喜欢给自己家孩子车轮转地介绍对象。可年纪大了，不知道活到多久算是个头。平时没病没灾，但是谁又能说得准未来的事情。就怕哪天突然倒下去，她的外孙女至此之后就真的是孤单一人了。

只是这些她不敢对向妍说,只能暗自开始琢磨起来。

向妍幼年失去父母,最怕的就是亲人离世。怕什么就刻意去忽视什么,于是这么多年也都没意识到,她的外婆已经是黄土埋了大半截的人。

向妍毫无形象地趴在桌子上,左脸因为枕在手臂上有些变形。她歪头:"外婆,就治了一个崴脚,你就知道他医术好啊?"

"小骆是钟医生的表弟,他们一家都是祖传的医术,流水线出来的一脉相传,能不好吗?"

"才见过一面就说人家好。"向妍想到自己不也是见到他的第一眼就迫不及待发信息给郁冉,颇有心得地劝外婆,"人好不好,得处久了才知道。"

说不定,第二面就开始打你脸了呢。比如说她。

但也奇怪,向妍暗忖,一个人在外工作的她警惕心很高,而不可否认的是,自己对骆一舟的忌惮正在慢慢消失。

向妍动了动已经好了大半的脚踝,可能是因为他医术过得去……吧。

"你外婆这么大岁数了,看人不说十拿九稳,但也差不离了。小骆目光清明,谈吐得体,举止有度,比外面那些半大小子都好多了。"许阿婆放下茶杯，她是真的喜欢骆一舟这个后生。

人老不老的都护短，看到好的都喜欢往自己家里拐。她看她外孙女很好，看骆一舟也很好，自然就喜欢两个人能在一块儿。但也只是她想，许阿婆自诩是开明的小老太太。她只是帮忙创造机会，最后成不成全在他们。

"不过，我们在这里挑三拣四，说不定人家还看不上你呢。"

向妍无言以对。

被她们议论的骆一舟，踏着月色，脚步轻松地回到诊所。

一进门，骆金刚就咋咋呼呼地往后院冲，惨绝人寰的嗓音都表达不了它的激动。

"二大王，二大王！"

幸亏小镇上的房子都是独门独栋的院落，谨慎起见，他还是布了一个隔音结界。

钟离叹着气，从药圃里走出来，正好，有只鸟撞在他胸口上。

他倒提着鸟腿，轻飘飘地问："怎么了？被鬼追啊？"

如果身后是骆川王的话，那被鬼追算得了什么！

鹦鹉回头看身后，骆一舟没有跟进来，它一口气说道："你看见过骆川王挽起袖子洗碗吗？我看到了！我恨不得把那些碗带回来放在我们那古董阁当镇店之宝！被骆川王洗过的碗！宋代青瓷碗都比不上它。"

骆金刚接下去噼里啪啦，从骆一舟进许家大门开始复述，让没有跟着去的钟离仿佛身临其境，连吃饭的时候，向妍低头翻了几个白眼，都一清二楚。

"你洗碗了？"

鹦鹉意识到身后有人，立马闭嘴装死。

骆一舟才走进来，斜靠着门框，嘴里叼着一片薄荷草，声音有些含糊："嗯。"

"挺积极的嘛！"钟离调侃。

"一个伤了脚，一个上了年纪，好意思吃饭不干活？"

"上了年纪？六十多岁放你这里不够瞧吧？"

"按我族年龄，我还没成年。"即将满千岁的骆一舟皱着眉，有点不满意自己和向妍的年龄差。

看到骆一舟不高兴，钟离的脸上浮起了解气的笑容。

明明这地盘是骆一舟的，可骆一舟这担子撂了几百年，大事小事全都落在他身上，这和他原本"照顾小崽子长大"的想法截然不同。

骆一舟家大业大，所以总管大小事务的钟离已经几百年没假期了，他已经忘记自己千年前过的是何种潇洒日子。真是一个闻者伤心见者流泪的故事。

好在如今看到一丝能够被解放的希望。

回想他们之间的约定，钟离笑得更加灿烂。他拎着鸟，凑近骆一舟："做那么多事情，就是为了能够靠近她，值得吗？"

皎白的月光如水，透过薄云，沁在他眼里，仿佛眼底燃起的一团冷焰，照得骆一舟的神色都在这个月色里变得温柔。他嘴角轻微扬起："只要每次都能离她更近一些，那我做什么都是值得的。"

自封为妖界第一风流人的钟离摇摇头，各有各的活法，像他就很不能理解骆氏一族的痴情。

Chapter 3

"乖女孩，祝你做个好梦。"

01

向妍是被渴醒的。当她清醒过来后，发现自己蜷缩着身体，裹在一床薄薄的夏凉被里。

她掀开被子，刹那间身上的热气仿佛全都蒸发完毕。窗外的月光映着窗帘上的图案，落在床前的地毯上。

向妍跳下床，旁边的衣柜侧面镶着一面落地镜。镜子里是一个短胳膊短腿的小孩，此时她正满头大汗，湿漉漉的头发黏腻地贴在汗湿的脸上。她并没有惊讶，仿佛立刻接受了自己变回小孩子的设定，淡定地拨开头发，用手背擦了擦汗。

向妍记起自己小时候，想象力丰富到窗帘上的卡通图案都能让她脑补出一个偷窥她的影子来，胆小到总觉得手脚要是伸出被子之外，就会被什么妖魔鬼怪之类的砍掉。所以哪怕再热，她都要把整个人埋在被子里睡觉。

轻风从打开的窗缝中溜进来，渗透着深夜万籁俱静的凉爽，向妍无端地打了一个寒战。她用小手抚摸着身上起的鸡皮疙瘩，转身准备回到被窝里继续做这个回到童年五六岁时候的梦。

可是，她向回走的脚步被门外的一声响动给制止了。那是家具被推倒在地上的声音。

向妍不知道现在是晚上几点钟，但也猜到已经是所有人入睡后的时间。

这套房子是她爸爸医院分配的家属房。隔音不是那么好，平日里左邻右舍的声音总能听得到，而现在在这个寂静的夜晚，一有动静声音就格外刺耳。

这么晚，是谁在外面？

向妍大着胆子冲外面喊了一句："爸爸？"

半晌，没人回应。

她迟疑地迈出几步，走到房间门前，愣了几秒，心跳声没来由地加速，耳膜轰隆隆好似无数鼓槌在一起敲打。很奇怪，为什么她会害怕打开房门，突然抗拒接下去要发生的事情？

把这种莫名其妙的慌乱情绪强制性甩在脑后，她打开了大门，立刻被浓烟呛得咳嗽不停。

她的房间在最里面，出了房门再走几步就有两个房间，最后才是客厅和厨房，还有玄关。此时，过道里已经浓烟滚滚，从冒着火光的客厅那端不断朝她的方向涌来，隐约还能察觉到空气中的热浪。

恐惧歇斯底里，一下子席卷全身细胞。她顾不得思考为什么这样子的烈焰地狱让她如此熟悉，身体本能地推开右手边虚掩着的房门。

这是她父母的卧室。

此时窗外的夜像是被蒙了一块黑布，一点光亮都没有，可她却能清楚地知道房间里的每一个细节。

这个夜晚不合理的地方太多，她感觉自己被分成了两个人：小时候的自己是参与者，而长大后的自己却是有上帝视角的旁观人。当看到躺在床上丝毫没有反应的父母时，她来不及去纠结其他，心如同沉入海底深渊，眼泪模糊了视线。

"爸爸，妈妈。

"爸爸妈妈，快起来。

"外面着火了，你们快点醒过来。"

她努力地尝试去叫醒他们，努力用小手使劲去推搡，但她父母陷入沉睡，依旧没有醒来。她哭得更加放肆，似乎提前知道了让人绝望的结局。

床头柜的电话被拿起，她拨打了"119"，抽泣着报出自己家的地址，然后又跑到窗户边，冲着无尽的黑夜用力呼救。

门外有东西不断地砸在地面上的响动，慢慢逼近这个房间。她保存的最后一点消防车早点到来的期盼也随之消失。

她重新坐在父母的身边，嘶哑着声音，一声声地继续叫着爸爸妈妈。

为什么不醒过来？

为什么要让后来的她再也没有父母陪在身边？

……

最后，她放弃地想，有没有人，来救救他们。

房门突然被打开，她蓦地抬头，希冀地望着门口。

浓烟随之而来抵挡住视线，她只听到外面有两个声音在对峙。

"骆川王，这不是你该管的地方。"

"朋友，你似乎忘记了《三界和谐共处条例》中第一条就是，严禁漠视生命，严禁互相杀害。身为在条例上签过字的人，我还是有义务来制止你的。"

"别扯这些狗屁条例。我又没签字。一张废纸，凭什么来约束我们？"

"就是因为有你们这些目无法纪的妖在，我们妖类的名声才那么不好听的，真是头疼。"

"看来你今天是一定要和我过不去了。"

最后一句的声音太阴冷，她瑟缩了一下，挤在父母中间。

她不明白这是什么意思，抓着爸爸妈妈的手，四肢百骸如同坠入冰窖。

"如果这是梦，那就让我早点醒来吧。"她喃喃道。

02

弯月如钩，挂在深蓝的夜幕上。

空气中荡漾开一圈波纹，紧接着，一个人影凭空出现在向妍的房间里。

在一边奉命日夜守护向妍的女妖，看到骆一舟的到来，打趣说：

"你倒是来得挺快。"她本就不想知道骆一舟的回复，说完这句话便乖觉地隐入房门，守在外面。

骆一舟立在床头，注视床上还在睡梦中的向妍。

她睡得并不安稳，委屈地抽泣着，泪水挂在眼尾，顺着脸颊滑落打在枕头上。眉心皱着几道褶皱，双手还紧紧地攥着拳头，嘴里不停低喃着"爸爸妈妈"。

骆一舟叹了口气。

向妍的梦里有他出现，本是一件值得高兴的事情，但他并不希望以这样的方式出现在她睡梦里。

骆一舟坐在床边，修长的手轻轻地擦拭向妍额头上的虚汗，最后点在她紧缩的眉头上，试图抚平她的不安和惶恐。

他扣住向妍的手，轻声说："我在你身边。"

"我就在这里，保护你。"

一连说了好几声，沉睡在梦里的人仿佛听到一般，慢慢地停止哭泣。

骆一舟曾与向妍缔结本命契约。

这么说似乎有些歧义，因为本命契约是双方互享生命、情感、思维……一旦缔结完成，就再也不能取消。所以它是现在进行时。

这让知道这件事的钟离持续暴躁了好几年，一会儿怀疑自家还没有成年的山大王，脑子其实还没有发育完全；一会儿责怪自己没有教育好，让骆一舟就蠢了这么一次，可这一次犯蠢就可以要了他自己的小命。

谁能想到战斗力强悍的骆川王会和手无缚鸡之力的普通人类绑定本命契约。

这要是让别的仇家知道，以后谁还会和骆川王正面干，直接组团来摁死向妍就好了。

杀死骆川王，一下子变成了一道送分题，然而，对钟离来说，这就是一道送命题。

于是，他火急火燎地派出自己手下的得力干将，叮嘱她一定要二十四小时不离身地保护好向妍。

看到向妍的情绪缓和下来，骆一舟面带微笑，神色怜惜地摸了下她的头。

能不能快点接纳我，让我可以光明正大地在你身边保护你？

细软的发丝碰触到掌心，有种软嫩的痒意。骆一舟提起的心，终于慢慢归置到原位。

"乖女孩，祝你做个好梦。"

本命契约，是将两个人牵扯在一起，自然也是增进彼此之间的关系。向妍原先奇怪为什么自己会对骆一舟没那么戒备，原因也在这里。

但它并不会对双方的法力产生任何制约。

相比之下，骆一舟的法力对于普通人向妍来说，实在太过强大。所以在这方契约里，他还是占主导地位的。

比如，生命可以共享的前提下，他不希望向妍知道契约的存在，于是单方面屏蔽掉向妍对他的感应；又比如，可以轻易在向妍的记忆里设屏障。

他在空中幻化出一只蝴蝶，在月光下它翩翩飞起，停在向妍的太阳穴上，直到她的记忆再次被设了一道屏障，才开始涣散不见。

当初从那只妖的手里救下小向妍之后，骆一舟就把小向妍在火场中看到妖类斗殴的这段记忆给禁锢起来。这是三界为了防止普通人类知道世间还有非人类存在而采用的常规办法，只是一般都会直接抹去他们的记忆。

而他这么做，只是私心地希望她的记忆完整。快乐的、不幸的，都是组成她的部分之一。年幼的向妍还不能面对，那至少成长到可以承受和日常接受的教育不一样的年龄，再去接受她父母其实是被妖类害死的真相。

他坐在月光照不到的黑暗里，浑身沾满冰凉的夜色，认真地听着她很有规律的轻微呼吸，直到窗外的天空开始变成鱼肚白，云霞里露出金光。

骆一舟把她的手轻轻放回被子里，起身把窗帘拉得严实，不让一点晨光照进。最后看了一眼床上恬静的睡颜，他的身影慢慢变淡，消失在房间中。

03

早晨八点半，外面的世界早就变得嘈杂。

向妍睁着眼睛，躺在床上，听到窗外传来的吴侬软语，才恍然觉醒，她这是回到了自己家。她轻巧地翻身坐起，转了转左脚踝，经过了一晚的休养，红肿已经消下去一半。

她穿上棉拖，除了脚肿，走路的感觉有点奇怪，其他都没什么不舒服。

向妍在心里认同起外婆的话，一脉相传的医术，果然不容小觑。

"粥在电饭煲里，油条和小菜都放在桌子上了。"跟着一帮老姐妹一起晨练完顺便已经去菜场买了菜的许阿婆看到向妍，提醒完一句，又转身准备去洗菜。

"外婆，您放着让我洗。"她久不归家，现在回来，自然想着帮忙分担家务。

"这点东西一下子就洗完了，你要表现的话，等下把那盆衣服给洗了。"

向妍拿起桌子上的一根油条，咬了一口，一边嚼一边答应："好嘞，等我吃完饭，就去洗衣服。"

许阿婆坐在外面院子里，择着菜叶子，问她："腿伤好点了吗？"

"嗯。看着肿，其实差不多都好了。"

"我就说嘛，小骆的医术很好的。"老太太的语气有点得意，"今天再让小骆给你瞧瞧，你以前跳舞落下的伤能不能治好。"

向妍吃了几口许阿婆自己种的小菜，胡乱地点头答应。

"我昨天……"她企图再找个话题，转移许阿婆的注意力，却突然不知道想说点什么。

许阿婆问："什么？"

"没什么。"她想说昨晚自己做了一个梦，好像很伤心，让她崩溃大哭，可就是记不起半点梦境里的细节，"我说早上醒过来浑身觉得很累，像是在梦里打了一场架一样。"

许阿婆想到了什么，突然笑起来："从小你就睡相不老实，睡着之后，睡姿千奇百怪的，扭着身子睡，跪成一只蛤蟆睡，还能坐起来睡。不累才怪。"

向妍被外婆揭老底，但因为家里就她们两人，所以也就无所畏惧，大言不惭地给自己脸上贴金："您看，我从小就是练舞蹈的，梦里还不忘练基本功。"

许阿婆故意捧场："那说起来，睡相差的人都应该去练舞。"

可能是好久没有回忆起以前的事情，她有点停不下来，继续说："你睡着睡着还能滚到床下去。你妈以前说有次早上去给你穿衣服，推开门进去，床上愣是没人，吓坏了她。她和你爸找遍了房子，最后是在床底下找到你的。"

气氛突然安静下来，回忆起已经故去的女儿女婿，许阿婆的眼眶里闪着泪花，向妍的眼眶也泛红了。

向妍小心翼翼地拿纸巾擦了几下鼻子，用正常的语音说："后来我就再也没有掉下床了，你以前不是还对我说过，有床姑娘守着我吗？"

"是啊，你长这么大，我有多不容易。"许阿婆背着向妍，偷偷抹掉眼泪，故作埋怨，"晚上睡觉前非得要听故事，我哪听过什么故事，想了半天只能给你现编一只大虫来家里吃人，最后被打跑的故事。"

许阿婆是个没上过一天学的妇女。年轻的时候，国家组织过扫盲班，学会写自己的名字，认识"大小上中下"几个字，领了个脱盲证，就从扫盲班毕业了。没过几个月，这些东西就全还给国家了。

所以，不识字，不能照着书本给她的外孙女读《安徒生童话》；听不懂普通话，不能学电视机里的人说给她外孙女听。

但是，别人家的小孩子有，她也希望向妍可以有。所以，才费劲地编了一个类似《小红帽和大灰狼》的故事。

向妍听着，嘴角一直往上扬。

她外婆是真的什么都不懂，那时候给她讲故事，连主角都说成"大虫"。

她问外婆"大虫"是什么？后来才知道"大虫"要么是老虎，要么是狮子，要么是狼，要么是豹……反正，只要是凶狠的猛兽就对了。

她想了想，说："您以前给我讲的故事都还挺暴力，现在想想，我能健康快乐地长到现在也是不容易。"

许阿婆不服气，转过身问她："哪里？"

"你说什么，家里黑乎乎，大虫从外面进来，嘴里还嚼着东西。小女孩以为是奶奶回来了，问奶奶在吃什么，大虫装作奶奶的声音说我在吃胡萝卜。其实它在嚼她奶奶的手指。"向妍控诉外婆说，"小时候，你每次讲完这个，就给我总结说，要是我不听话，大虫就把我吃掉。"

许阿婆有点不好意思，别扭地说："后来，我不是变得很温情了吗？"

向妍从小是独自一个人睡一屋，就算是被接到许阿婆身边，也没改变这个习惯。所以，她经常对向妍说，晚上睡觉不要害怕，会有床姑娘守着你。起夜的时候不要害怕，马桶姑娘会陪着你。

"对啊，我们家温情的老太太真棒。"向妍喝完粥，把最后一口油条塞在嘴里，"所以我才健康快乐茁壮成长了。爱您哟！"

她看着微佝偻着背的许阿婆，心里有点泛酸，又有些甜滋滋。

从小她就知道，以后她们会是这世上血脉相连最紧密的两个人。外婆把所有的爱都给了她，所以，外婆说的，向妍都全盘相信。

她相信万物有灵，带着外婆赋予的善意守护着她。

骆一舟站在门口，立在他肩上的五彩金刚鹦鹉也紧闭着嘴巴，不敢出声破坏房子里面的温馨。

许阿婆表情轻松，她身后的向妍嘴巴鼓鼓的，眼睛弯成一道好看的弯月。

当听到床姑娘的时候，骆一舟眼里的笑意更加明显。

曾经"床姑娘"这三个字的出现，着实吓了他们一大跳。那时候钟离派遣的女妖已经在向妍身边潜伏下来，不间断地保护她。许阿婆的这句话，让大家都以为女妖被发现了。

钟离立马召回女妖，问了她无数遍，都搞不清到底是哪一点暴露了。而女妖也生无可恋，一想到她被普通人发现踪迹就惭愧到没脸活下去。

后来在搞清楚原来是许阿婆自己编出来的守护神之后，女妖这才恢复活力，认领了"床姑娘"这三个字，重新回到向妍身边。

"医生哥哥，你来给她们家的妍妍姐姐复诊的吧？怎么站在门口不进去呀？"昨天去诊所喊人的小男孩站在骆一舟身边，仰着头问他，"你是不是怕生呀？没关系，我帮你喊一声。"

说着他就冲着门里喊了一声："许阿婆，医生来看病了。"

小男孩清脆的嗓音，打断了屋里人的谈话。

许阿婆看到来人，招招手："小骆啊，赶紧进来吧。"

小男孩深藏功与名地跑走了，骆一舟摇摇头，进了许家门。

四月份的天气乍暖还寒，骆一舟今天没有参考钟离不靠谱的造型建议，自己穿了一件深灰色的套头粗毛线衣，底下搭着修身的深蓝色牛仔裤，加一双牛津鞋。

等他走进了大厅，向妍恍惚觉得整个屋子都亮堂了起来。

她立刻回忆起郁冉以前说过的话，男的只要收拾得干净利落，不管长得到底帅不帅，反正他就是变成了好看的男生。

郁冉说得没错，不过她悄悄地在好朋友的经验后面继续总结：可是如果人还长得好看的话，那真的可以蓬荜生辉，差一丢丢就让人失去立场了。

Chapter 4

"我脸也挺好看的，欢迎你免费来看。"

01

用妖力分出的细枝顺着向妍的脉络走了一遍，骆一舟收回轻轻搭在向妍手腕上的手，又像模像样地按了一下向妍的伤处，才跟眼前两位耐心等待检查结果的人说："脚上的扭伤大概都没问题了，不过走路的时候还是要注意，暂时不要让这只脚受力。"

许阿婆点点头，笑着问："那小骆，妍妍有没有什么落下的病根啊。听说跳舞的跟运动员一样，大病小病落一身。"

"那倒没有。向妍还年轻，身子骨好，她平时调养得不错，病根倒是没有的。"骆一舟轻声细语地回答。

其实什么病根，有他骆川王……手下的二大王钟离在，都不成问题。

想起钟离，骆一舟从诊箱里面拿出一包药，递给向妍："晚上睡之前，用这包药泡脚，散瘀能够快一点。"

一旁飞来飞去不停歇的金刚鹦鹉也开始自卖自夸："药到病除。"

鹦鹉这句话，在许阿婆听来，不啻喜鹊报喜一样寓意好。

她乐着说："这只鸟就是电视上那种会说话的鹦鹉吧？看着就精神，真聪明。"

亏得许阿婆一知半解，知道鹦鹉会说话，但并不懂它们到底可以说多少话，才没注意到骆金刚的不寻常。

骆金刚被夸得开心了，憋了好长时间不说话的它一口气说了一堆吉祥语："我叫骆金刚，祝您长命百岁，身体健康，福如东海，寿比南山，老而弥坚……"

"哎哟哟，真会说话。"眉开眼笑的许阿婆拿出些开心果，慢慢用手剥出果肉喂鸟。

向妍接过药包，道了声谢："那这两天的诊费和药费多少钱？"

问出口之后，她想起自己的口袋里根本没有装钱，又加一句："我身上没零钱，能微信转给你吗？"

本来准备推说不用的骆一舟，一下子改变了主意："行，那我们加个微信好友，你转我 50 元就好了。"

"50 元？"向妍以为自己听错了。

"多了吗？"骆一舟蹙眉，他不了解行情，怕自己说多了数额，改口说，"要不你给 20 得了。药不值几个钱，全是在我们这后山上采的。就给我个出诊费好了。"

吃着开心果的骆金刚，闻言咳得连羽毛都竖起来了。

在许阿婆"慢点吃，不着急"的背景音下，骆金刚用两只绿豆大的鸟眼心酸地看着说出 20 块钱出诊费的骆一舟。

想他堂堂骆川王，这龙脉之地方圆百里的土皇帝，居然已经自贬身价到只值 20 块钱的地步。

单身鸟并不懂骆一舟的套路，真诚地为骆一舟的追妻之路感到艰辛。顺便，还为钟离压箱底宝贝中的那两服药默哀。

今天这药包一共才两份。这一份是早年骆一舟跟一只几十万年的狼王斗殴重伤后，钟离熬了几天几夜制成给他的。没想到骆一舟没用，反而是现在拿出来给向妍。

就算这些药材都是山上采的没错，但三千年的野山参，万年才开一次的落地梅，渡劫失败包含着雷电之力的蛟龙胆……

要是被钟离知道，这么珍贵的药被拿来有病治病，没病强身，还说不值几个钱的话，非得抱着骆一舟的腰哭个三天三夜不停歇。

向妍被这个良心价震惊在原地，看向骆一舟的目光带着一点"这么天真，感觉不像是个坏人"的含义，还是大方地给他转过去50块钱。

拿人手短，吃人嘴软，向妍反省自己当初是不是太敏感了。她不好意思地对骆一舟说："谢谢你啊，我是觉得太便宜了。毕竟这两天都是麻烦你过来给我看病，就算去医院挂个专家号，也没有这么便宜。"

骆一舟察觉到向妍态度的变化，高兴还来不及，他笑得直率："讲这些干什么，都是邻里乡亲的，不要这么客气。再说还要感谢许阿婆和你，我没有行医证，全靠家传的手艺，你们还相信我。"

骆金刚从来不知道骆一舟会这么贬低身价捧别人。

02

金刚鹦鹉想得没错，钟离在知道骆一舟在把他压箱底能救命的药，拿出去给人强身健体后，一改平时"骆一舟小棉袄"的性情，当下就要跟骆一舟决一死战。在被其他围观妖众，其实只有一只金刚鹦鹉制止，他又心痛地躺在床上捂了三天的胸口。

缓过神来，他闹脾气地要罢工，告诉手下的所有小分队，你们的骆川王正式回归了，如果有什么事情需要汇报，需要指导意见的，都请去找骆川王。

骆一舟不在乎钟离的寻死觅活，他现在完全处于少男怀春的状态，看山山美，看水水清，世界很美好，什么都是对的。

他召集了地盘上所有的妖类小头目开会，钟离还是放不下心地一起参加了。

会议的三分之二时间，骆一舟颇有人道主义精神地体贴关心了所有下属的感情生活。教育已婚妖类相亲相爱永结同心，单身妖类放开手勇敢追求真爱。

最后用剩下的时间，给这群活在自己地盘几千年，甚少出去外面看新世界的妖怪科普了一下如今的社会生活。

"现在都改革开放奔小康了，在座各位都是我们妖界的精英，一定不能和现代社会脱轨。每个人的家里，不会用电脑，那好歹也要装台电视吧。

"妖界小辈们也不要闭门造车，懂事之后，先上妖类学堂，到了一定年纪再去登记一下，就近去人类学校学习新知识。

"最近把各个地盘的禁制都打开一下，我让人去把网线和无线路由给你们装好。以后再和人类有金钱往来的话，就不要动不动支票、银行卡的，方便点，扫支付宝和微信啊。"

骆一舟看到坐在妖怪堆里的钟离，继续说："钟离啊，你知道什么叫'现代职业经理人'吗？"

钟离双手抱胸，冷哼一声没开口。

然而，在场的已经被骆一舟带进沟里的妖界精英，不耻下问："骆川王，什么是现代职业经理人？"

"乱七八糟解释起来，你们一时半会儿也听不懂。我就打个比方。"骆一舟不怀好意地看向钟离，"这一片地盘都是我的吧？那职业经理人就是帮我全权打理各种事情，我对他百分之百放权。"

这样子解释起来，通俗易懂，大家全都理解了："那不就是钟离二大王吗？"

钟离更生气了："你别说得那么冠冕堂皇。这样子的称呼搁在古时候，人家都叫'总管'。按咱们这个级别，服侍在大王身边的总管，那是太监。"越说越压不住火气，钟离又给骆一舟下了一张战书，"走，后院单挑去！"

骆一舟打了一个手势，所有人都很有眼力见儿地纷纷退场。

清完场，骆一舟来到钟离身边，搭着他的肩，一副哥两好的口吻："二大王，气还没消啊？"

想到被他挥霍掉的两服药，钟离有骨气地拒绝和骆一舟交流。

"爷们一点，不要小气嘛。"

小气个鬼哦！

钟离白眼翻上天了，他为自己正名："其他治腿伤的药那么多，你想送人，我能运一卡车去。"

"行行行，我二大王最大方。"骆一舟在钟离面前完全没有妖王包袱，"你算算，这两服药花得值不值。"

发现钟离在认真听，骆一舟继续忽悠："你看，她昨天还防备着我，今天对我的态度就温和下来了。关系一下子向前迈了一大步，用不了多久，我们的约定就可以实现了。你的这两服药是很金贵没错，但买你的自由，是不是很划算？"

骆一舟说过，只要向妍答应和他在一起，那他就老老实实回来接管事务，做他的骆川王。

当了几百年操心老妈子的钟离仔细盘算了一下，最终还是折服在自由之下，吞下了骆一舟给他画的这张大饼。

03

过了几天，骆一舟特地挑了一个风和日丽的好天气出门。按他的说法是"今天天气好，适合吹吹风，赏赏花，逛逛街，遛遛鸟，看看她"。于是，他打着"回访"的名义，再次来到许家。

院子里的木棉花，如火如荼，开得像一树炸开的烟火。花香清浅婉约，却萦绕在鼻尖，霸道地占据嗅觉神经。

小马扎端正地放在阴凉树荫下，向妍弯着腰，铆着劲在石臼里拼命捶打浸泡好的皂角。乒乒乓乓，非常有节奏的击打声充斥在这一方小小的天地间。马尾辫从左脸一侧滑落，伴着她的捶打动作，棕黄色的发丝调皮地在空中晃动得很有律感。

镇上的老人家，固执地保留着有年代感的习惯，喜欢用皂角自制洗发露和沐浴液。向妍帮外婆把皂角捣烂后，放进锅里加水熬煮出汁儿就算完事。

她忙得心无旁骛，裤腿往上爬，露出一截白生生的脚踝。

用骆一舟给的药包泡完脚，向妍的伤处就立刻消肿了。第二天起来，整个人觉得轻松了许多，上蹿下跳健康得不得了，许阿婆说像是脚底装了两根弹簧。

向妍哼哼唧唧，没有理会外婆的打趣。

她高兴自己动作快。刚受伤的时候，就拍了一张肿得像猪蹄的腿，发在朋友圈里，又借着这张图跟团长多请了一周时间的假。

现在多出来的假期，正好可以陪陪她家小老太太。

"外婆呢，外婆呢？"骆金刚扑棱着翅膀，率先飞进院子里。

从被许阿婆夸得找不着北开始，骆金刚每天早出晚归来许家报到，和许阿婆一起晨练，一起买菜，一起念大悲咒，用嘴叼着抹布帮忙打扫许家卫生，闲来无事还能扯着嗓子给许阿婆唱一首小曲……种种贴心的行为，让它在许家的待遇直线提升。

对骆金刚胳膊肘往许家拐的表现，骆一舟乐见其成。从某一方面来说，这只鸟也是在帮他刷许阿婆的好感度。

向妍直起身子，纤细的手指往厨房的方向一指："厨房呢，你进去吧，我外婆给你准备了一兜的小鱼干。"

跟鸟吃醋有点掉价，但是外婆对骆金刚太好了，还特地一大早去菜场买新鲜的小银鱼回来。所以，向妍特地强调了一声"我外婆"，算是宣告主权。

"鸟最爱外婆了！"鹦鹉美滋滋的，显然没有理解向妍的意思，头也不回地扎进了厨房。

身旁传来一声轻笑，来人明显听到了她刚才跟鸟计较的话。

向妍转身，看到骆一舟从门口进来，她主动笑着跟他打招呼：

"骆医生，你是来给我复查的吗？"

"嗯。"

知道她这是想掩盖刚刚的小计较，骆一舟也从善如流地说起了别的事情。他粗粗地扫过向妍的腿，说："看样子，你是全好了。"

"是，你给的药特别管用。"向妍大方地撩起裤腿，给他看了一眼。

"那就好。我对我的祖传医术也就放心了。"他开了个玩笑，似乎是提醒向妍曾经如何害怕地说自己给腿买了保险。

要不要这么小气？

向妍装作听不懂，厚着脸皮点头赞同："骆医生还仁心慧术，连诊费都收得这么便宜。"

病人的腿没问题了，但医生并没有准备离开。

他双手插兜，站在树荫之外，安静地看向妍处理完所有的皂角。

小镇上的空气好，云朵是洁净的白色，连天空都比城市里的蓝很多，太阳晒得背暖乎乎的，顺带着他的语气也变得懒洋洋："今天天气真好啊。"

"是啊，连带着心情也很好。"向妍把捣好的皂角倒在盆里端起来往大厅走，脚步一蹦一跳的，"正好腿脚也好了，可以出门走走。"

可能是她练舞久，走路也带上了韵律，姿势比旁人好看许多。

骆一舟："去哪儿？"

"不去哪儿，就在这附近随便逛逛。"

桌上放着一顶白色棒球帽和一个双肩包，向妍放下盆，拿起帽子扣在头上。双眼被帽檐遮了一块阴影，可还是能从她的眼底看清楚自己的影子。

她说："有小半年没回来了。难得有工夫回来，就去逛逛老街，看看花。"

身后传来脚步声，许阿婆带着鸟从厨房走到大厅里，看到高大颀长的身影，脸上的笑容越发和蔼："小骆来看妍妍的吗？"

省略了几个字，多了些不可名状的暧昧，意思听上去和许阿婆想表达的完全不一样，却偏偏最契合骆一舟的想法。

他心里赞扬许阿婆是神助攻，脸上却一派云淡风轻。在向妍还没有回答之前，他含糊地应下这句话："是，骆金刚又闹着要飞出门，正好我今天没什么事，想着来给向妍看下脚，就跟着它一起过来了。"

被拿来当借口的骆金刚，低头翻了一个白眼，专注吃着特制小鱼干。

许阿婆笑眯眯地提议："那正好，你要是没什么事的话，可以跟妍妍一起出去走走。现在天气变暖了，山上开着花。龙湾镇的山一年四季都美，不过春夏秋冬各不同。趁现在在家，多出去看看。"

这老太太真会抓机会，见缝插针地就能安排一次约会。

向妍清楚外婆的想法，于是就觉得她这个建议里的不单纯已经是尽人皆知。不过，她现在所关心的并不是这一点，而是，骆一舟跟她只是见过几次面的陌生人，充其量是病人和医生之间的关系。两个人要是一起散步，她得费心思想话题，才不至于尴尬吧，那这样散步得多累呀。

小老太太还在慈祥地等着骆一舟的回答，向妍站在她身后，仗着盲区，放肆地对骆一舟挥手，吸引住他的目光之后，又挤眉弄眼地想让他出面拒绝。

这大概是向妍在他面前做过的最生动的表情，可骆一舟却不那么高兴。

像是没看到对面那双张牙舞爪的手，他颔首："这么巧。钟医生昨晚也让我先熟悉熟悉环境，今天给我放了假。正好，就麻烦向妍帮我带下路。"

尽管嘴角是上扬的，但眼睛里的笑意早已消散得无影无踪，仿佛微笑只是一个单纯的面部肌肉牵扯，并没有它往日所含有的情意。而他整个人已经退到千里之外。

有那么一瞬，向妍感受到了春寒料峭。

"什么麻烦不麻烦的。两个人走着,还能聊天。"许阿婆一脸和蔼,专制地答应下来。

04

江南水乡的三四月,阴雨连绵是常态,被连日的雨水冲刷后,天空蓝得透亮,浮云游动,偶尔遮住晃眼的日头,投在地面上带着热度的阳光也时明时晦。

风景是好的,但身边人的情绪大概不怎么好。

向妍凭着自己的第六感,率先开口打破略微凝重的气氛:"你别介意啊,刚才我之所以拒绝,是因为我长期待在舞团里,身边来来去去就这么些人。有点不习惯和别人独处,不知道聊些什么。"

她心里纳闷,骆一舟明明表情正常,可她就是知道他介意自己之前一再摇手拒绝他一起出来四处闲逛的举动。

她开门见山,说得直截了当。骆一舟了然,眨眼之间,坏情绪被迎面吹来的春风吹散。

街道两旁有嫩生生的花朵在绿叶中伸展,幽香扑鼻。

他展眉,目光落在向妍脸上,眼神清澈明亮:"这简单,有我啊。"

他又继续补充说:"要跟着来的是我,找话题也自然由我负责。就算没话聊,也应该我尴尬啊。"

向妍眨眨眼，似乎是有道理的。她认真思索的模样在旁观者的眼里太过可爱，骆一舟笑出声，像是乌云撕开一角，所有心情被晾晒在阳光底下。

走在承载无数岁月的青石板街上，向妍颇有童心地控制脚步，不偏不倚地落在方方正正的石板中间。身边的骆一舟嘴角噙着笑，看着她自顾自地玩起来，目光柔软。虽然和她隔着半个人的身距，可落在向妍身上没有移开过的眼神，还是让周围的人把他们俩联系在一起。

"我小时候经常这样子踩着走。"顶着一道炽热目光，向妍没转身也没回头，突然这么开口，"小孩子不懂事，喜欢八九月台风季。"

大人们在操心自己家会不会漏水，雨势不减潮水上涨会不会发洪水，家里囤的粮食够不够吃……而小孩子却总能在各种情况下，轻易地找到能让自己玩得开心的事情。

她目光变得悠远，在自己经年累月积攒起来的记忆里调度一段早已尘封的时光。

"台风天就会下大雨，大概是石子大小的雨滴噼里啪啦地砸在石板路上，溅起半球形的小水花。我和其他小朋友都喜欢穿着雨衣，光脚踩在路面上，冰冰凉凉最舒服了。"每每这么做，外婆都会在旁边唠叨，水不干净啦，湿气要从脚底进去啦……时隔这么久，许阿婆操碎心的声音犹在耳边，"最好是等雨下得久了，海水倒灌，镇里的河水也漫上来，街道会变成汪洋沼泽，龙湾就像是一座漂浮在水上的小镇。"

才小学的年纪，并不知道国外有威尼斯之类的水上城市，只在新闻中看到老苏州就是这样子，家家户户临水而居，开门就是河，出行全靠船。

她也新奇地想自己家变成这样子，从前多感谢刮台风发大水能帮她实现梦想。

"你喜欢吗？水淹龙湾镇？"

骆一舟舒展着好看的眉眼，跃跃欲试。她要是喜欢的话，分分钟他就能淹了这小镇。

向妍被接到龙湾镇来后，他恰好解开了血脉传承的第三道锁，于是只能进山闭关，让留在小镇上的钟离照顾好向妍。

可他没料到会闭关十余年。即便女妖将向妍从小到大的消息事无巨细地汇报回来，他也想亲自参与到她的人生里来。

"不不不，只是小时候。"向妍抬起头强调。

思绪都被小时候牵扯住，她没注意到骆一舟委屈地抿嘴，也不知道自己一句话拯救了美丽宁静的龙湾小镇。

没过街道的水掺着各种垃圾，地沟里的细菌。即便家长们把这些话掰碎了告诉他们，玩性上天的小孩子们还是不管不顾地光脚去蹚水。小向妍皮肤娇嫩，蹚完水总会得次皮肤病，要抹好几天药膏才能消。这还是靠女妖从钟离那里拿回药膏，偷偷给她用上才算好。只是小向妍记吃不记打，好了总是盼着下次的台风季。

洪水退去，泥沙和垃圾会沉淀在街道上，家家户户都要打开消防栓接水冲洗街道。还得从镇上的卫生院拿些防虫杀菌的药粉，撒在角落里，这才算完。

回想起往事，发觉小时候的那些没心没肺才最让人怀念。

左手边是阳光下闪着金色碎芒的小河，向妍心血来潮，鼓了鼓腮帮子，才眯着眼问骆一舟："要去感受一下，冰冰凉的水流过脚脖子的那种清爽吗？"

求之不得。骆一舟心想。

大概是因为说到小时候，兴致盎然的向妍放下最后一丝疏离，脸上露出"我勉强介绍给你一种好东西"的神气表情。

错眼看去，仿佛多年前只能在纸上，在脑海里，在想象中的小向妍，突然跳到他眼前。骆一舟的心扑通得厉害，为自己错过她的那么多年，也为她终于开始卸下心防。

远方连绵的山峨巍巍，黛色浓淡相宜，像一幅浑然天成的山水画。

他迎着刺眼的阳光，想着今天天气特别好。

龙湾镇被护城河一分为二，镇中心的人分散在河岸两边居住。青石板路一边是修缮一新的瓦片顶老房子，另一边连着河堤。

顺着台阶走下河堤，岸边扎堆坐着来洗衣服的阿婆们，向妍为了避免自己被八卦，也为了防止搅浑河水耽误人家洗衣服，有眼色地远离了她们，带着骆一舟来到稍微下游的位置。

"小时候你经常来河边玩吗？"

"是啊！"向妍坐在一块石头上，跷着一只脚，熟练地解开鞋带，"偷着来，玩过了饭点回去，再被外婆揍一顿。你呢？你小时候玩什么？"

从小沉迷于打架争地盘的骆川王突然觉得这道题好难。

自觉这些都不是光辉事迹的他，难得脸上露出不大好意思的神采，支支吾吾言语不清："就和同学们打打闹闹，有时候在山上探探宝之类……"

有一年和一只讨人厌的九尾狐狸看上同一块地盘，两个人撇开身后跟着的小弟们决定一对一单挑，最后他靠着高出一小截的实力拿到了那座山头。

嘶，后来好像是在那儿挖到了个金矿？

年代久远，骆一舟有点记不大清楚了。

"啊，你也会去山上瞎摸寻啊？"向妍不知道骆一舟口中的探宝是丁点折扣都不打的实话，只是相同经历很容易拉近两个人之间的距离。她眉飞色舞地跟骆一舟分享自己的经历，"我以前也经常跟在人后头，山上河里地蹿，玩探险寻宝游戏。"

脱掉袜子，把鞋子放到一边，她的脚细细巧巧，指肉粉粉嫩嫩，脚指甲盖还透着浅浅的光泽。骆一舟呼吸一滞，条件反射地把头偏向一边，烙在脑子里的画面分外清楚，他抿了抿干裂的嘴唇。

向妍没察觉骆一舟的失态，她试着先把右脚探进河里，等适应了水温再一脚踩进去："水有点凉，你介意吗？"

身后的人没有回信儿，她扭过身，想探究下骆一舟的动静。

但常年浸在河水里的石头已经被冲刷得十分光滑，向妍动作幅度大，脚心一溜，就要摔进河里。她闭起眼睛缩着肩，全身都做好准备抵抗即将迎来的冰冷。

而下一秒，她却跌进了一个好闻的怀抱。

骆一舟一只手揽着她的腰，另一只手顺势搭在她后背上，动作快而稳妥地把人圈入自己的怀抱。她的身子娇软，腰肢纤细，呼出的温热气息在他的胸口处氤氲出一丝旖旎的情绪。

活了九百来岁，还没和女生这么近距离接触过的纯情骆川王，耳尖被染成了番茄色。他贪恋怀中人的香味，怀着极大的克制，把人扶稳。

"你要是变成落汤鸡回去，许阿婆下一次就不放心你跟我一起出门了。"

头顶的声音笑意很深，她闭着眼都能想象出骆一舟现在的表情，她快快道："谢谢。"

"站稳。"骆一舟把着她的肩，继而伸出自己的左臂，"脚下滑，你抓着我手臂。"

他原本想直接点，牵着手，总不能让她再滑倒。可前几天钟离给了一本厚厚的、他自己亲手写下的《追求条例》。第一条就是"不能太唐突"。

向妍看着横在面前的胳膊，瞥了眼它的主人，双手自然地搭在上面。她低头看向水面，流水潺潺，还是能够倒映出他们俩的身影。

身边的人是危险的，向妍知道，隔着几层布料还是能感受到的肌肉力量也在这么提醒她。

可仔细一想，不知道从什么时候开始，她对骆一舟的戒心早已经分崩离析。

啊，说起来，刚才他的心跳，是不是快得不太正常？

靠岸的水浅，将将没过两个人的脚脖子。

向妍扶着骆一舟的手臂，玩心四起。刚开始她轻微地用脚划拉水流，到后来幅度越来越大，最后壮着胆地用脚背掀起一点点的小水花。

做完这一切，她偏过头，偷瞄骆一舟，知道他没有注意到自己刚才的举动，弯着眉眼咧开嘴，得意地摇晃着自己的脑袋。

"好玩吗？"

"什么？"

骆一舟眼里的光细细碎碎的，好看得让人沉醉。他憋着笑，语气宠溺："踢水玩，好玩吗？"说着他也学向妍，拿脚背兜起一道水柱。

看来自己做的事情，人家都看在眼里。

向妍对今天的放飞自我有点不好意思，她低下头，嘟嘟囔囔："我这不是给你直观展现我小时候的玩法嘛。"

语气糯糯的，让骆一舟听得心仿佛要化在阳光下。

她低着头，欣赏地盯着自己的脚看，在水里的脚丫越发比平时更白一些，越看越水灵。她忍不住把视线偏移了一些。

隔壁这位的投胎技能也许是满分。从头到脚，没有一处不好看的。他的手修长，符合向妍手控的眼光，脚也生得闭月羞花，很符合他帅哥的身份。

"你在看什么？"

"看你脚好看。"

身边的人轻笑出声，向妍耳朵绯红，顺便隐晦地把比不过骆一舟的脚缩了缩。

"我脸也挺好看的。"

骆一舟暂时把二大王的《追求条例》抛到脑后，屈腿弯腰在她耳边轻声道："欢迎你免费来看。"

Chapter 5

—— "打人不打脸，我今天就跟你拼
了！"

—— "可我打的是狐狸啊。"

01

我这是被撩了？

耳边的呼吸粗重，他似乎没有语气里那般漫不经心。

向妍稳住心神，回避着他的眼神："水凉，我们上去吧。"

她提着鞋，不留痕迹地和骆一舟分开一米的距离，快速地穿
好鞋。

"穿好了吗？走吧。"

问是这么问，但她根本没打算等听骆一舟的回答。她像往常一

样，不快不慢地走上河堤，但背影怎么看怎么像是落荒而逃。

骆一舟走在后头，有点懊恼地拍了拍自己脑门。

活了近千年，怎么就没沉住气？

可骆川王一向说一不二，杀伐果决。既然已经打乱了节奏，索性就摊开来说。本来他就是懒得要死的人，能走直线绝对不绕弯路。

他迈开长腿，两三下就追上向妍，右手一捞，握住她的腕子，拉着她停下脚步。

"我刚才不是在耍流氓。"骆一舟目光灼灼，"就当作是相亲好吗？我申请当你的相亲对象，努力想转正成为男朋友的那种。"

这话题过渡得有点快。向妍恍了下神。

遇见时太美好，让人怦然心动到产生好感，再见面留下的阴影过于深刻，就算是后面的几次相处，让她慢慢卸下了防备，却也没有一丝要跟他牵扯上的想法。

她抿紧嘴唇，拒绝的话就在嘴边打转。没说出来是因为匪夷所思的社会新闻看太多，有点害怕自己倘若一口回绝，骆一舟会不会当下翻脸来揍她。

不过，他应该没有这么渣吧？

骆一舟察言观色，看向妍的表情就知道天平并没有偏向自己这头，立马又补充："我们没见过几次面，好像还给你留下不好的印象。但至少先别一竿子打死，给我一个留校察看的机会吧？"

因为当初抓槐树妖，而失去向妍的话，他当真委屈，差点对捉妖事业都产生动摇。

路边的小黄花在风中摇曳，他眉眼真挚，眼睛里像是揉进了星辰大海，装满这个世界该有的温柔。

对着这副样子的骆一舟，向妍原本准备好的说辞打了个旋儿，变成了另一副模样。

她看到映在他瞳孔里的自己，表情轻松、嘴角弯起，她也注意到骆一舟可能已经预见即将听到的话，眼角眉梢开始露出喜色。可还是耐着性子，等她的确认。

可偏偏就是这么不巧，不速之客意外出现。

"向妍，你在这儿干吗呢？"

不远处，传来一道声音，像是一个终止符，让原本要脱口而出的话，随即消失在春色里。

被表白的女主人公，看到眼前这位告白者瞬间黑下来的脸色，哑然失笑，不乏带着幸灾乐祸的味道。

辛祁啊，出现得太合时机。

"我一回家，就碰到你了。惊不惊喜，意不意外？"

他背着包，一脸倦容，身上还带着仆仆风尘，看样子是连家都还没回。留意到向妍身边的人，辛祁停在几步之远，和身后的影子茕茕孑立。

关键时刻被人打断的骆一舟，远距离地和傻狐狸眼神厮杀后，看不惯眼前他的浮夸演技，偏过头，不想与他有任何交流。

这一番背地里的争斗，向妍并不知晓。她往来人方向走近几步："你怎么回来了？之前怎么没听你说起？"

"休假。"

说是这么说，但其实是他刚从外省出完差，知道向妍回小镇了，他又立马打了个"飞的"回来。

辛祁是向妍和郁冉的朋友。

上学时，他们三个人总是很机缘巧合地坐在一堆。

郁冉从小学起就和向妍是同桌，两个人关系好到连大学都是上的一所大学的舞蹈系。而辛祁，自从小学四年级他转学后，坐在向妍的后桌位置，此后的初中高中七年，两人都是前后桌。

久而久之，感情自然深厚。

"朗朗乾坤，光天化日，你们拉拉扯扯的这是在干吗呢？"辛祁努努嘴，示意他们还牵着的手。

向妍仿佛是被惊醒了，轻轻挣了挣，把右手腕抽回来。

一只九尾狐狸，比骆金刚还聒噪。

骆一舟拧着眉头，就差没把"我不爽"三个字刻在脑门上，他冷着脸："关你屁事。"

虽然只活了快一千年，但骆一舟已经知道了这辈子他最后悔的事情是什么。

当初年纪小，不知道赶尽杀绝，所以才让这只死狐狸活到现在，还出现在龙湾镇内。

辛祁，就是以前和他抢地盘的九尾狐狸。

在对头家地盘上潇洒待了十余年的辛祁，也没想到有朝一日见到骆一舟会是什么情况。

他来到龙湾镇的前几年，还会时常去打听骆一舟的动向。在得知他闭关接受传承后，就把顾虑扔到一边，越发自在地在向妍身边待着。

大意了大意了。骆一舟这么快就闭关出来了。

他装作不认识："这位是？"

"骆一舟。"

"哦，没听过。"

入世这么多年，他早就学会厚着脸皮倒打一耙。现在存心想要气人，连口气都有点欠扁。

"如果不是被你打断，那我应该介绍自己是，妍妍的相亲对象。"

自从上次抢完地盘，他有二十多年没有见到骆一舟，没想到现在都这么没皮没脸。一句话说得，槽多无口。辛祁嘲讽："呵，乍一听以为你说的是妍妍的对象。"

"将来式。"

"问过亲友团了吗？我代表亲友团第一个跳出来不答应。妍妍答应了吗？"

这句话瞬间把向妍拉入炮火中心。

沐浴在双方的注视之下，她清了清嗓子，避重就轻："恕我直言，你俩身上的火药味有点浓。"

看了看双方的脸色，向妍继续试探："你们认识？"

"小时候打过架。"只要不暴露身份的，骆一舟都实话实说。

"那我是腾出地方，给你们解决一下历史遗留问题吗？"

"我和他一时半会儿说不清。"骆一舟挪了挪位置，站在向妍和辛祁的中间，切断了两人的视线往来。

给辛祁递了一个警告的眼神，骆一舟对向妍说："快到饭点了，我先送你回去吧。"

被警告的辛祁也附和："是啊，我也回家去放东西。下次我们约上郁冉一起聚一聚吧。"

反正骆一舟在一边，他也捞不到什么好处。

02

从许家蹭完晚饭出来，已经是华灯初上。

深蓝的夜幕稀疏地挂着点点星子，树叶被晚风吹得哗啦啦作响，厚重的影子在暗光下摇曳。四下无人，骆一舟沐浴在皎洁的月光下，身形渐渐消失在影影绰绰的夜色里。

龙湾镇的名字，很有来头。"龙湾"两字是龙憩浅湾的意思。

老一辈经常絮叨，说这里是龙脉所在之地。小镇背后有一座十一连峰，整个山峰是由高及低的走向，直通入海湾，被祖祖辈辈的镇民们视为龙脉。

龙湾小镇所处的位置，三面环山一面靠海，山是群山环绕层峦叠嶂的山，海倒没有多波澜壮阔，而是靠近内陆的浅海地段，再加上山势利导，这种地理位置在风水学上堪称之最。

想想也是说得没错。

照着"靠山吃山，靠海吃海"，龙湾镇镇民遵从可持续发展理论，上山摘山货，出海倒腾海鲜。以至于，小镇虽然并没有往现代城镇建设上发展，但是居民的生活水平不断上升。

　　而其中镇民们最信奉的就是落麒山。

　　落麒山是十一连峰的主峰，也是龙脉的头部，屹立在周围四座山峰之间，长年灵气盘绕。地势高，视野开阔，山脚下栉比鳞次的房屋，远方的滩涂与海湾尽收眼底。

　　这座山素来被当地人划分成里山和外山两部分。

　　外山是龙湾镇居民进山的活动场所，除了祖训传下不能砍伐树木外，拾取山货，种植农作物全在这里。至于里山，镇上没人知道里面是什么样子。拥有几百年历史的龙湾镇，不乏好奇心旺盛之人，总是想闯一闯这落麒里山，但因为越往里就越陡峭，大家亲眼看着进去的人，最后都是以受伤结束他们的冒险之旅。

　　至于哪里是两者的分界线，镇上的人并不清楚，只是走到了山中的一个位置，心里自然会升起止步不前的想法。

　　久而久之，老一辈们在讲述这件事，最后总结时会多一嘴，说是山神的旨意。年青一代并不信邪，把心里深信不疑的"不入落麒山"归结为自己对生命健康的重视。

　　所以，龙湾镇上祖祖辈辈都恪守着这个规矩，不得深入落麒山，不得入内惊扰山神。

而此时，落麒山内，一道修长精瘦的身影早已等在当场。

素净月光下的落麒山，因为笼上一层银光薄纱，显得水汽朦胧，敦实的山体更为神秘寂静，较之以往也更婀娜。

辛祁站在夜色中，不太讲究地打了一个哈欠。他眨了眨泛起生理性泪水的双眼，抬起手臂，腕表清楚地告诉他，现在已经是半夜一点半。

靠，被骆一舟耍了。

他接到骆一舟的传音，特地回忆了以前怎么被骆一舟按在地上揍得肋骨骨折的场景，终于找回经过几百年还没有散去的愤懑。趁着好不容易酝酿好的火气没有消散，他赶忙奔赴约战地点，赌上"输了自动从向妍身边滚远"的承诺，希望这次能一血前耻。

但是，骆一舟那浑蛋，晾了他四个多小时。

仅剩的理智提醒他，不能去诊所找骆一舟算账。极度护短的钟离在哪里，哪里就是虎口。他辛祁，九尾狐族的英明少主，绝对不能轻易送上门去。

身后一小团气流的流速发生了轻微变化，骆一舟的身形从虚缈到凝实，只有短短一瞬工夫。辛祁丝毫不压抑自己的怒火，刹那间发力，如利箭脱弦而出，攥紧拳头奔着骆一舟的脸去。

他咬牙切齿，带着多等了几个小时的怒火，力求揍死这个王八蛋。

骆一舟嗤笑，脚尖轻松一点，身姿潇洒地往后退，察觉到背后一棵千年古树，他甫一侧身，辛祁擦着他的肩膀过去，又急急停在古树前。

"火气还挺大呀。"骆一舟调侃。

从许家出来后，他想起辛祁这个十多年前就想再收拾一遍的蠢狐狸，于是发了一封约战信。刚准备往这边来，又觉得下午的他太欠教训，所以脚步一转，回了诊所。

至于辛祁，不如让他多等一会儿。骆一舟笃定，揍不到他，辛祁哪里也不会去。

辛祁冷笑："托福，火气大全是你功劳。约个架都叽叽歪歪的，闭关十多年不出来，你有拖延症？"

"啧，所以你才敢在我地盘上乱勾搭人。"

"怎么叫乱勾搭？"辛祁双手抱胸，这个姿势在心理学上称为防御状态，他对骆一舟从来不会轻视，可语气上一如既往的挑衅，"目的直接，目标明确，手段简单利落。"

说着，他歪头："唔，似乎我和向妍的关系，比某个还没成年的小狗崽亲近多了吧？"

其实辛祁现在也才一千岁出头，比骆一舟大不了几岁，但在他们狐族，他早已成年。现在不抓紧时间奚落，以后更没机会了。

夜风吹得山林沙沙作响，反衬得这个深夜越发静谧。

两人之间的气氛无端变得肃杀，骆一舟脸上的表情渐渐消失。

闭关第一年，他收到骆金刚的传音，辛祁出现在向妍身边。骆一舟那时是最重要的打底阶段，差点灵气逆行，近千年的修行毁于一旦。

辛祁和他一直不太对付，特别是几百年前抢完地盘，之后两个人一直摩擦不断。辛祁出现在向妍身边，无非是得到了骆一舟的人手居然在保护一个凡人的消息。

但，一旦他接近向妍，就会知道，为什么骆一舟要派人保护向妍了。

骆一舟担心向妍的秘密被发现，拖着受创的身子，准备强行出关，却被及时赶到的钟离拿着九龙鞭打回去，圈禁在洞府之中。

九龙鞭是骆一舟的父母留给钟离这个监护人的紧箍咒。骆一舟反抗不得，钟离见他无心修炼，只好一再保证，会时刻关注辛祁的动向。

无奈，他只能修复根基，重新接受血脉传承，争取早日出关，回到向妍身边。可重伤在身，到底是花了十余年才圆满出关。

骆一舟的眼中闪过一丝寒芒，他没有给辛祁继续打嘴炮的机会，缩地成尺，转眼间逼近辛祁。他左手拽住辛祁的衣领，另一只手的手心凝结出一股灵力，在袭上辛祁的那瞬间被辛祁用手臂挡住攻势。

两个人的灵力相当，僵持不下，双方不约而同地逐渐使出全力。

一时之间风声鹤唳，四周的树木簌簌作响。

骆一舟锁眉，面上的气势不输丝毫，手上却率先卸掉灵气。等着辛祁一时不察，灵力输出过头又回收不及，整个人顺着惯性往前倾倒，骆一舟侧身，伸出一只脚绊他，借着他倒下去的力道，在辛祁背后又推一把。

辛祁手撑地，利落地翻身，然而根本没有机会站起。骆一舟的拳头随之而来，辛祁自然不落人后，双方在地上再次扭打起来。

"这一顿揍，留了十多年。你也给点力，多揍揍我。成年狐狸被他嘴里的小狗崽压着走，传出去你十里八荒的狐族少主颜面还要不要。"

"老子还是复几百年前的仇。今天连本带利还给你。"

"让你挑衅，让你得了便宜还卖乖。"

"呵呵！"

九尾狐深谙挑衅之道，一句"呵呵"就能火上浇油。骆一舟的拳风越发凌厉，拳拳招呼在辛祁的脸上。

辛祁护住自己的脸："打人不打脸，我今天就跟你拼了！"

"可我打的是狐狸啊。"骆一舟轻描淡写，手下的力气又加重了几分。

两个在各自地盘呼风唤雨的妖王，在落麒山深处，没有动用身上的妖力，单纯的肉搏，互相揍了一晚上。

最后，留存一丝余力的骆一舟说："你输了。"

03

在家里待满两个星期，向妍迈着沉重的步伐，坐上了回帝都的高铁。窗外的天气恰如其分地衬托出她此时的心情，黑云积厚，沉闷得不想张嘴说一句话。

淅淅沥沥的雨滴打在斑驳的车窗上，把窗外的暗淡世界切割成无数碎片。向妍伸出手，指尖触碰在冰凉的玻璃上，轻轻勾勒出一个圆润的轮廓。

车外面乌云密布，天色越来越暗，车内头顶上的照明灯被反衬得越发白晃晃，而映在窗户上的人影也越发清晰。女孩面容精致，眉眼生动，在时下轻而易举能让别人把她归结到"女神"的队伍里去。

然而，头靠在玻璃上的向妍，眉眼下垂，神色并不高兴。因为她刚一直描绘的是比假期前圆润了一圈的下巴轮廓。

　　凭良心讲，向妍现在还是正常偏瘦的体形，但谁让她是专职跳舞的。

　　舞蹈演员最注重的是身形和体重问题。

　　动作舒展，跳跃轻盈，这是判断舞蹈动作是否优美的标准，而这些标准恰恰是建立在体重上。

　　她们团算是纪律严格。每个人放假归队时，都得先经历体重和三围的测量。向妍这次在家待的时间比较久，可她一直是吃不胖体质。对她从来都很放心的形体老师，很不走心地发过一次短信例行叮嘱，在家别吃多，注意控制身形。

　　向妍收到之后，更没当回事地回复"我明白"，然后继续胡吃海塞。结果在今天离家前，她上称一看，许阿婆的手艺和在家只能算是基础的那点运动量，成功地让她发胖三公斤。

　　……

　　体重秤上的数字打脸打得啪啪响。

　　是这称坏了，还是地球的重力变了？

　　说好的吃不胖呢？她以前对自己是有多盲目自信？

　　好吧，这次回去，她也能体验一把被叫进办公室挨骂、谈心、写检查套餐了。

她颓废地叹了口气，带着对自己恨铁不成钢的悲愤，打开桌板拿出笔记本，唰唰唰列好回去之后的形体加练项目。

希望能用这点投机取巧的诚意去向团长证明，她的专业性和职业态度还是可以再拯救一下的。

斟酌了大半天，撕了十几张纸后，这张训练表终于在"能减肥成功"和"让自己其实并没有那么辛苦"之间，找到了完美的平衡。轻松地把笔扔在桌板上，向妍满意地把笔记本收好。唯一一件让自己感到沉重的事情也得到完美解决之后，她现在想做的就是戴上眼罩踏踏实实睡五个多小时到帝都。

"6F 座的这位小姐，请把您桌板上的废纸递出来一下。"

向妍记得自己似乎就是 6F，她揭开眼罩一角，看到乘务员拿着大塑料袋，站在过道中间，面带笑容地等着她的回应。

人还没开始行动，旁边座位伸出一只手，在桌板上一捞，把散成一堆的废纸递给乘务员。

"继续睡吧。"

这道声音像极了骆一舟的。向妍脑子里刚闪过这个想法，她就觉得自己有点魔怔。自从骆一舟告白之后，她下意识地回避和他碰面的机会，可这人就是有点阴魂不散，在哪儿都能让她联想到他。

仿佛是不愿意承认自己的听觉，向妍蓦地一转头，想要证明身边不可能坐着骆一舟。

可事实正好相反。

眼睛一睁一闭，睫毛闪了数次，眼前人并不是自己的错觉。向妍喃喃："真是你啊。"

"怎么？开不开心？惊不惊喜？"骆一舟右手撑在座位中间的扶手上，打量她的表情，这个距离让两人看上去很亲密。

"……"

漫长的车程，能有一个熟人坐在身边，确实是件很开心的事情。可骆一舟这么问出来，向妍反而不愿意告诉他。

"不开心不惊喜，不过还挺意外的。你也去帝都？"

骆一舟颔首："去工作。"

工作？向妍狐疑地斜觑一眼："你不是诊所的医生吗？"

"我之前算是无业游民。医术是祖传的，所以本职不是医生。"

"那你现在去帝都找好工作了吗？"

"我考上了帝都的公务员。"

是的，国家神秘事件调查组客座指导也属于公务员编制，没毛病啊。

骆一舟的领地，落麒山周边全都是灵气充沛，福延万年的地区，自古一直是三界的人觊觎的地方。再加上骆一舟在妖界身份高贵，一举一动都被万妖留意。所以他的行踪向来是被其他妖怪小心打探的。

这次为了光明正大去帝都，一贯偷懒的骆一舟破天荒地接下了发生在那里的所有案子。而且还秘密通知调查组，让他们发一封要求"骆一舟常驻帝都进行指导"的邀请函。平时跪下来叫爸爸都没让骆一舟接案子，现在他却主动找事做，收到消息的人事小姐姐第一时间开窗看了眼太阳还是不是东升西落。

"帝都的公务员？"学渣向妍肃然起敬，"那很厉害哎。"

在小镇上，公务员是老人们心目中最好的工作，没有之一。如果他们家孩子考上了公务员，这事儿能翻来覆去吹嘘个不停，碾压所有广场舞圈老太太。

而不知道是不是为了表示他们家孩子的不容易，通常公务员的考试都会被塑造成难于上青天的样子。

所以，骆一舟的形象在被洗脑成功的向妍心里，被迅速拔高。

窗外掠过一片繁华的居民区，万家灯火在夜雨中晕染成星星点点的光团。过道对面的小孩子捧着手里的企鹅玩偶，来回叨咕："飞啊飞,鸟儿飞起来。"

向妍记起往日存在感非常足的骆金刚,多问了一句:"你在帝都常住的话,那只快成精的鹦鹉没带在身边?"

这一刻,在外面的狂风暴雨中展翅飞翔,拼尽全身力气跟着时速300公里的高铁不掉队的骆金刚,并不知道它终于被人记起来了。

"它啊?"

本来可以直接施个隐身术带鹦鹉上车,没想到的是,骆金刚觉悟很高,坚决不做打扰骆川王追女朋友的电灯泡,也不想待在逼仄的铁笼子里,所以就选择了依靠纯鸟力飞回帝都。

骆一舟暗自忖度她能接受的底线,还是说出了一个合理的借口:"被关在托运箱里,等下车我再去领它。"

"骆金刚会无聊死的吧,一起托运的小动物都不会说话。"

可能它现在没力气想着说话吧。

向妍的眼帘渐渐无力垂下,她说了句"我先眯一会儿"就拉下眼罩歪头睡觉。耳边的声音慢慢消失,直至静默。

骆一舟布好隔音屏障,他的视线擦过向妍白皙的脸颊,投向已经变得漆黑的雨幕中。

风啸雨骤,暗色中似乎有东西破势而来。

Chapter 6

"这位向女士，你背后座位上掉了个
备选男朋友，你捡一捡好不好？"

01

　　向妍再次醒来，脑袋已经搁在骆一舟肩膀上一个多小时之久。
鬼使神差地，她下意识地去擦拭嘴边不存在的口水，好在并没有什
么枕在人肩膀上还流口水的状况发生。

　　骆一舟虽然靠着椅背，但坐姿仍然挺直，双眼合上，睫毛在
眼圈下遮盖出一片阴影。从侧面看，山根高，鼻骨挺，人中深，
嘴唇翘……

　　不得了，再看下去容易被这美色折服。

向妍挪开脑袋，把视线回转到手腕上的表盘，所以没有发觉，本以为也在睡梦里的骆一舟睁开眼，瞥见她心虚的动作，嘴角轻微扯动，又重新闭目养神。

待会儿，还有需要花力气的活儿。

现在是晚上六点，行程差不多过去一半。车外雨势丝毫没有减弱，间歇还有电闪雷鸣，水珠噼里啪啦落在玻璃上，似乎能够渗透过窗户，带着浸骨的凉意席卷全身。

向妍抬高手关掉头顶上的冷气，尽管如此，车厢内的温度丝毫不受影响。趋于向暖的本能，她往身边人挪近了一些。

骆一舟看在眼里，没作声，直接伸手过去盖在向妍的左手上。冷与热在这一刹那猝不及防地相遇，向妍盯着两人的手腕，在思考是不是左手离心脏更近一点的关系。所以温度从手背，顺着血管迅速转移到心房，哗的一下，心脏熨帖了。

全身不安分战栗起的鸡皮疙瘩也瞬间被抚平。

"你不能趁机占便宜啊。"

得了便宜还卖乖的是向妍，不过这句声讨并没有那么底气十足。

"我只是想看看你冷不冷啊。"说着，骆一舟很不舍地抽开自己的手，脱下薄大衣，盖在向妍身上。

清新干爽的佛手柑香味淡淡地却又倔强地萦绕在向妍鼻尖。

意识到自己被骆一舟的体香包裹着的向妍，脸颊染红一片，连耳尖都有一抹绯色。

"你不冷吗？"

这句话显然给了他一个很好的借口。下一秒，向妍的手又被他抓在掌心里，骆一舟："喏，给你试试温。我火气旺，不冷的。"

"……"

她就不该多嘴问出那一句的。

向妍用力将手抽回来，嫌弃地藏进大衣里，心底却完全没有给骆一舟打上"轻浮"的标签，反而记住了这种温暖干燥的感觉。

异常贴心。

空荡荡的手心被冷气迅速填满，骆一舟委屈巴巴地撇了下嘴，继续打起精神另起话头："你饿不饿？有专门的车厢可以吃现炒的菜，要不要去看看？"

整个人都快羞缩在大衣里的向妍这才注意到现在已经是晚餐时间段。她直起身，环顾四周，其他人的座位上或多或少都摆着盒饭、泡面或者面包、饼干之类的食物。

然而，在这节封闭的车厢里，向妍并没有闻到各种菜肴泡面混合起来的那种混浊味道。她想了想，把原因归结为这趟一等座的车厢人少。

"我不饿。"向妍摇头,"上车前吃了两块外婆做的姜糖糍粑,还没消化呢。等下到了帝都再去吃点夜宵就好。"

话一出口,她就懊恼地咬着牙。回想已经飙升的三公斤体重和快变成"U"字形的下巴,夜宵这种字眼,似乎不应该再从她嘴里说出来。

"算了,干脆今晚不吃东西了。"这句话说得有点不甘心。

"为什么?"

向妍倾过身,贴在骆一舟耳边小声说:"我胖了好多,所以要开始节食啦。"

扑出来的热气在干冷的温度中,凝结成雾气,附在骆一舟的耳郭上,湿湿热热的,仿佛有一片轻巧的鸿毛一扇一扇拂过心尖,让人全身发麻。

心绪犹如一团杂乱的毛线球,短短几秒,他脑海里闪过无数纷杂的画面,最后才觉得好像明白了爱因斯坦的相对论。

一瞬原来可以很漫长。

"咦?你耳朵为什么红了呀?"向妍不过脑地问了一句,"闷的吗?"

骆一舟回过神，含糊地应了一声。

他倏地转过身，动作幅度有点大，把向妍看得一愣一愣的。

"哪里胖了？"这个话题转接得有点生硬，可架不住聊的内容是向妍现在心心念念的事情。

她絮絮叨叨："下巴都圆了一圈。三公斤若是算成肉摊上卖的猪肉，得多大一坨啊。想想那么多的肉已经长在了我的身上，别说我团长，连我都不会放过我自己……你干吗？"

骆一舟的大手再次不安分地轻轻捏着向妍的两颊，腮帮子的肉稍微凹进来，嘴巴受力嘟起来。

"骆一舟，你现在有点放肆。"说话嘴形圆圆的，可以说是很可爱了。

肇事者狡辩："你不是说胖了三公斤吗？我没看出来，所以上手试试。"

他慢慢贴近，看到向妍眼眸清澈，并没有半点生气的意思，嘴角边的笑容越来越明显。

他之前可真笨啊，不知道去试探向妍对他的底线到底是在哪里。

好在不算晚，至少现在他知道，自己的碰触没有让向妍生出反感和厌恶的情绪。

02

女孩的脸颊充满胶原蛋白，Q弹细腻，手感很棒。骆一舟没忍住又轻轻地捏了捏。

这个举动在向妍看来，有点挑衅的意思了。

于是"啪"的一声，她下重力一巴掌把骆一舟的手打掉，后者的手腕目之可及地发红。

听到这记脆响，就知道向妍刚才使的力气有多大，连周围座位的乘客都循声望过来。头脑发热后的向妍，也被骇住了。她甚至看到有几位前排的阿姨不赞成地摇摇头，光看举动就知道自己被她们划分到"不受欢迎的媳妇人选"。

可惜骆金刚和钟离不在场，否则他们俩能代表落麒山全体妖族告诉大家，上一个敢这么对骆川王的妖，坟头草已经几丈高了。

"咳咳，谁让你刚才用手乱摸的。下次再动手动脚，我还这样揍你。"语气很强硬，可目光游移，听上去外强中干，唬不住人。

"好好好，我知道了。下次动手动脚之前，一定先征得你同意。"骆一舟当作没看到别人的眼光，很自然地服软，举着发红的手腕说，"下次轻点打。力的作用是相互的，我皮糙肉厚不觉得疼，反倒你的手打疼了，很不划算呀。"

这副样子落在别人眼中，完全是二十四孝男朋友的模样。周围的人低声谈论羡慕着这对看上去在打情骂俏的情侣。

"你少看不起人。"向妍红着脸，微抿着唇，打过人的那只手空空攥着拳头，手掌心火辣辣的。追究到他上一句不要脸的话，又气哼哼道，"同意个鬼！"

"啧，好恨自己皮太厚。"

怎么什么话从他嘴里说出来，都能让人觉出一股嘲讽意味？

向妍翻了个白眼，怒气冲冲地转身冲里，留了个"我很生气"的背影给笑得不怀好意的骆一舟。

身后的骆一舟舌尖抵了下腮帮子，眼底微光一闪，痞气十足地俯身过去商量："要不我吃点亏算了，换你来摸我。"

"谁稀罕。"

"怎么说我长得也能让人稀罕一下吧？"

"不要脸。"

"这位向女士，你背后座位上掉了个备选男朋友，你捡一捡好不好？"

"你走开。"

"票面上的位置就在这里了，我能走哪儿去？"

"你闭嘴。"

向妍的视线漫不经心地往窗户上一掠，漆黑的玻璃窗面映着骆一舟带着痞笑的面庞，他专注地盯着被大衣包裹着的自己。

眼睛如泓，目光含水，可以把人溺毙在这满目的柔情中。

真是讨厌死了。

向妍感觉脸上有些发烫，准备闭眼，来个眼不见心不烦。

然而这时，车上的灯一瞬间全灭了，四周角落中传出几声因为突如其来的黑暗而不自觉发出的尖叫。向妍不觉得有什么不对劲，心大地想着，很好，至少她不闭眼，也可以看不见骆一舟了。

"怎么回事？怎么熄灯了？乘务员呢？"

"乘务长也不出来解释解释。第一次遇到这样子的状况。"

"外面雷雨天气，不会出什么事吧？"

车厢里镇定下来的人们都在讨论，声音嘈杂。有些人拿出手机用自带的手电筒照明，有些人的面前亮起微弱的光芒，网瘾中度少女向妍打赌，他们肯定是在发微博。

接着，可惜不太成功，因为有人开始骂手机运营商："我靠，这又不是在深山老林里，居然一格信号都没有，直接无服务。××是干什么吃的。平时广告不是说基站已经遍布全中国了吗？"

这种与身边所有人都相关的话题，很容易收到一圈人的附和。

向妍随大溜地拿出手机一看，果然她的屏保页面上直接显示"无服务"。

　　她若有所思，暂时忘记单方面的冷战，对身边的骆一舟吐槽："又是高铁停电，又是手机无信号，这要是放在小说里，多好的一个惊悚片开场啊。"

　　话音刚落，她自己就立马打了一个寒战，啧，光脑补就能吓死人。

　　骆一舟哑口无言，黑暗里，他视物如往常，很清楚地看到向妍脸上的漫不经心。恐怕她没想过，自己现在说出口的话，其实就是真相。

　　上车后，他就察觉到外面的天气不太正常，风声鹤唳，乌云中暗潮涌动。可是敌在暗处，他不知道对方的来历和目的，只能静观其变，等对方出手后再见机行事。

　　于是骆一舟传信给飞在暴雨中的鹦鹉，让它提高警惕后，一贯有备无患的他又给帝都官方组织和钟离都发去了一道传音符。除此之外，骆一舟将神识发散出去，笼罩在整列高铁之外。

　　尔后能做的，唯有等待。

　　"阿嚏！我怎么觉得车里面越发冷了呢？"

　　确实，车内的温度骤降，其他人都察觉到了冷气越来越充足。

　　向妍颤颤巍巍地探出去一只手，在黑暗中寻摸着骆一舟。而骆一舟闷骚地调整自己的位置，把右手臂膀恰好放在向妍要摸索过来的位置。终于，小手成功地与坚硬的手臂会师。

"你现在冷吗？我把大衣还给你。"

骆一舟避而不答，表情愉悦地又扯出另外一件事情："你得记住，这次是你先动的手。"

"什么？"

"你先摸的我啊。"

"……难为你现在还记得玩笑话。"

"这对我来说很重要。"

向妍不再说话，直接把衣服塞回到骆一舟的怀里。

缩回手的那一刻，手腕忽然被人握住，轻轻往前一拉，她的脸撞进一个毛线衫触觉的怀抱里。干燥好闻的味道，和方才大衣里的气味一模一样，迷惑得她顺从地待在他怀里。

骆一舟双手在向妍的身后，把大衣披在她的肩膀上，扶着她坐直，语气淡淡地陈述一个事实："车内的温度变低了，你把这件衣服穿上更保暖一些。"

他如同照顾一个还不会穿衣服的小孩，握起向妍的一只手，领着让她穿进一只衣袖，又重复另外一只。帮她拢好大衣之后，他很自然地摸了下她头顶细软的发丝，声音宠溺："乖。"

向妍并没有拆台破坏这一秒钟的气氛。

他的大衣保暖效果很好，让她全身温暖舒适，连脸颊都有点发热。

03

骤停的高铁打断了两人之间的互动，弥散在其中的片刻温馨也随即消失。

车厢里有那么一秒钟，是掉针可闻的安静。

向妍心里咯噔一下，紧拽着骆一舟的手掌，喉咙发紧："怎么回事？高铁为什么停下来了？"

她问出来，并非是想要一个答案，只是下意识地让心底那股横冲直撞的恐慌能够发泄。

若干年前国内唯一一例高铁脱轨事故，波及面非常广，所有新闻频道、社交网络上都在讨论、质问和追责，向妍也不能免俗地全程关注。

那次的意外给许多人心中都留下一个阴影，以至于现在她满脑子都是，完蛋了，这趟高铁意外停下来，万一同一个铁轨上的车过来，又一起重大事故就要发生了。

"见鬼，这趟车到底怎么回事？"

"车上的工作人员是死的吗？"

……

"该不会要出事吧？"

很显然，往坏处想的并不是向妍一个人。最后一道声音已经带上明显的哭腔。

没有车内广播的通知，没有乘务人员的安抚，联系不上外界，这些种种都让大家感觉到恐慌。

骆一舟对别的声音置若罔闻。

他握住向妍冰凉的手，微低头，对上向妍慢慢镇定下来的目光，声音透过微弱的光线，撞击在向妍的耳膜上，意外的有种安抚人心的作用。

"别怕，我不会让你有事的。"

在大家情绪快要崩溃之时，车门被打开，所有人的手电筒和视线不约而同地集中过去。出现在车厢口的是大家刚才口中一直呼唤的乘务员，顿时车厢内抱怨声不断。

"怎么回事啊？为什么突然停下来？我还从没见过高铁会临时停车的。"

"什么时候能修好？急死人了，我还要赶时间呢。"

"铁路局不给个交代，到站后我们联名告上去。"

······

车门推开后并没有被关上，车厢里的气流开始流通。向妍只觉得阴风阵阵，背脊骨一片发凉，只有与骆一舟十指相扣的掌心，有源源不断的热度传递过来。

乘务员从狭窄的车厢尽头走出来，她似乎不能面对大家的抱怨和诘难，一直低着头，脸藏在了阴暗中，没人能看到她的表情。她对乘客们的投诉置之不理，僵硬地一步一步走到第一排座位。

这种"任你怎么骂，我自岿然不动"的消极抵抗态度让所有人都很气愤。

忽然，一阵诡异的嘶哑笑声从她嘴里发出来，明明是女性装扮，声音却嘶哑阴鸷，让人听得毛骨悚然。

"愚蠢的人类，死到临头而不自知，真是可悲啊！"

乘务员缓慢抬起头，终于把脸曝光在手机电筒的光芒之下。

与此同时，骆一舟迅速拿手挡在了向妍眼前。然而，向妍还是瞟到了一眼。

那不是一张人脸，青面獠牙，怒目恣睢。脸上也不是正常的人类五官，青鳞覆盖全脸。在场所有人在看清楚他面容的刹那都哑然失声。

对，是"他"。

"呵呵，看到这样子的我，惊不惊喜啊？"

料到会发生变故的骆一舟不悲不喜，他的神识扩散至全车，犹如上帝视角，早就清楚这次的袭击。

每节车厢里都有妖类渗透，进度有快有慢，有几节车厢包括他这里在内，妖怪刚刚粉墨登场，而其他车厢的妖怪，已经把乘客固定在座位上。

目前为止，骆一舟无法断定他们的目的，也不能判断是否还有人在幕后指挥，只知道入侵妖类这次有组织的攻击，图谋的不仅仅是人命这么简单。

他把情况转述给正在从龙湾镇赶来的钟离一行人，暗中调度他们负责的地方，同时命令骆金刚进车厢帮忙。

只一眼就把那恶心的怪模样刻在了脑海里，向妍不由得抬起另一只手缠紧骆一舟的手臂，把头抵在他身上。如同抱着一根浮木的她似乎得到了安全感，向妍找到了自己的声音，说："神经病啊，劫个高铁还带心理恐吓的。我以后要对所有乘务员有阴影了。"

她自我开解，听上去像是没那么害怕，可骆一舟分明清楚感觉到她浑身不能克制的颤抖。

盯着妖怪的目光狠厉，他下巴抵在她的头顶上沉声安慰："这种货色在连续剧里是一出场就死透的炮灰，所以别害怕一个即将死得不能再死的玩意儿。"

一条修炼成精的青蛇而已，就算比他活得年头久，也没什么用。

"我知道。"向妍故作镇定地点头，"乘警什么时候能过来？就一个人而已，大家一起努努力，就能制伏了吧？其实也没什么好怕的。"

可最后，她又问了一句："他，是人是鬼？"

骆一舟顿住，良久才说："是妖怪。"

哈？这个世界是疯了吗？

被这个消息颠覆以往认知的向妍，无暇去质疑骆一舟的判断。来人异于寻常的样貌和他开口定义全车人的称呼，已经让她足够相信。

可这个事实没人愿意接受。

劫犯有警察对付，超出普通人范围的妖怪呢，该去找谁寻求帮助？

眼前浮起一层薄雾，向妍挣开骆一舟握着她的手，低下头颤着手按亮手机屏幕，她想打个电话给许阿婆。如果，她是说，如果，有什么情况发生，至少可以最后再听一听外婆的声音。

然而，手机没有信号。

注视向妍一举一动的骆一舟，暗自叹了口气，他轻柔地环着向妍的肩膀："到了站再向许阿婆报平安吧。"

现在还没到动手的时间，骆一舟又抓着她的手。

向妍死死地咬着嘴唇，不让一丝呜咽泄露出来，可泪珠还是一颗一颗地往外掉，连着窗外的大雨和黑夜一起，模糊了视线。

还可以报平安吗？

可即便这么想着，她还是点头，像是接受了骆一舟的说法。

死亡的阴影笼罩着在场的每一个人，压抑的气氛让他们仿佛是没有根系的浮萍，心上开了一个豁大的洞，冷风穿梭而过。

靠近门口的人不死心地尝试打开车门，去其他车厢避难。每个人都想要逃离，后排的大部分人争先恐后地挤在门口，唯恐到时候门一打开，自己落后了半分。

对于这样子的场面，青蛇妖没有任何动作，他反而极有兴致地旁观着，像是成竹在胸的仲裁者，看着手底下的蝼蚁兀自挣扎。

这个世界，不同于以往的温柔和平。它冷漠、粗暴、危险，像在狂风里摇曳的枝丫，群魔生，众相现。

青蛇妖的身后凭空出现两道身影，看不清楚模样。

其中一个妖类发出桀桀怪声："老大不愧是渲染气氛的高手，一出手震撼全场。哈哈哈哈哈，这出戏好看。"

"今天我们可以饱食一餐。其中有几个血液闻起来就让我食欲大开。"

　　两个新来妖怪肆无忌惮的调笑，让车厢中认清状况的乘客们呜咽声四起，大家缩在位置上瑟瑟发抖的样子取悦了他们。他们放肆地仰头大笑，准备开始收割这些被视为草芥的生命。

　　"等等，我总觉得这里不太寻常。"

　　阴鸷的声音拦截住了另外两个妖怪的举动，青蛇妖兀自思索究竟是哪里让他感觉不太对劲。

　　此番接令和兄弟几个带着手下妖怪来洗劫这趟高铁，老四是千年狼犬得道，嗅到这里的气味更诱人，于是他们才决定打头来这里瓜分。

　　临了，心里居然开始有点惴惴不安。

　　妖四狼犬妖耐不住鼻尖香味萦绕的诱惑，催促说："哪有什么不寻常？咱们速战速决，吃完就干正事，耽误这些个时间干啥？"

　　"是啊，还等什么，兄弟们，动手吧。"

　　始终没打开的车门打消了人们的最后一点侥幸。车里已经有人开始绝望地哭泣等死，有人缩在车座中间企图逃过一劫，有人不死心地拨打110，不管那头有没有接通，语无伦次地恳求对方快来解救。

　　"真是刺激啊。"妖五鼠妖轻蔑地说，"我最喜欢看人临死前的挣扎了。"

静观其变等着一网打尽的骆一舟暗自布置好防御，又担心把向妍留在座位上会给三个妖怪可乘之机，于是他轻轻拍着向妍的肩膀，让她用双手紧紧箍住自己，在他的怀抱里变换了一个更加有安全感的姿势。

向妍茫然地跟着照做，把脑袋埋在骆一舟胸前，听见骆一舟轻声对她说："等下一定要抱紧我，别睁眼。很快就没事了。"

听出骆一舟想要去和妖怪们正面搏斗的打算，向妍变了脸色，她死死地抱住他："你疯啦？那是妖怪好不好！"是有法力有手段还是修炼成精的妖怪！

就算等下还是难逃一死，也多点让人心怀希望的时间吧。

向妍很怕死，也自私。她觉得就算骆一舟拳脚功夫了得，帮警察抓过小偷，但也不能和开了挂似的妖怪斗吧，何况还是一对三。

"我没告诉你，其实我副业是捉妖的。"骆一舟笑着说，"一会儿就好，我也很厉害的。"

他安抚地笑，眼神明亮坚定，让向妍渐渐地卸下了所有防备的力气。

大不了就是个死，不如就随他吧。

来这个车厢的三个妖怪并不是正常吸纳天地灵气而成精，他们身上充满戾气，血腥味浓重，想来都是杀孽深重。

人族、妖类与修真界，原本就是不太稳定的合作关系。每当发生一起妖族袭击人类的事件，这个合约关系就会更动摇。

一想到这次事情结束之后，又要去基地和有关部门的管理者争论是非，骆一舟就有些头大。再者，因着这几个让向妍害怕的妖怪，他以后还怎么在向妍面前大方承认自己是妖类的身份？想到他们让自己感情路上多了几分难度，骆一舟就很气。

耳畔传来钟离的传音，钟离已经带着其他手下控制另外十几节车厢的情况。而这里的几只，全由他处置。

乘务员打扮的青蛇妖，忽视心底的不安，首当其冲地扑向离他最近的人。身后其他两个妖怪也跃跃欲试，寻找自己第一个下手的人。

骆一舟见他们开始行动，他右手紧紧揽了一下向妍，手掌轻轻覆盖在向妍紧闭的眼皮之上，左手用灵力凝出一道具现化的冰刃，朝青蛇妖射过去。

后者根本没想到这里还有高手在，即便感受到空中有东西袭来，却也避之不及，肩膀被贯穿，血液溅出。

迎着三个妖怪的视线，骆一舟面不改色："三位，《三界和谐共处条例》该不会没看过吧？你们这样子做，妖界会很头疼的。"

"你是什么人？"

"替妖界收拾你们的。"

平淡的口吻，却用一句话成功地把仇恨值拉到自己身上。

另外两只妖类再无兴致问话，放弃掉其他目标，各种法术、妖力全都往骆一舟身上砸。

骆一舟这战应付得有些吃力，对面的三个老妖怪都已经修炼几千年，走的是更阴损更残暴的邪妖道。而骆一舟，为了不在向妍面前暴露身份，收敛了气息，没有种族碾压的加成，而且车厢空间狭小，对于对面的攻势，他带着向妍避无可避。

一对三的打法，单手只能勉力应付，他身上多了两三道伤口。

对面的妖类明显看出了骆一舟施展不开，桀桀笑出声："看你还能支撑多久？"

"大哥，他身上的血闻起来比我们之前吃过的都要好吃。"

向妍的双眼被遮住，心神不定的她一直为出头反抗的骆一舟担着心。知道鼻尖的血腥味是骆一舟的，她的眼泪蓦地就流下来，手臂收缩的力气又多了一分。

她不知道为什么，心里的恐慌突然消失。虽然有点没志气，但如果骆一舟打不过也没关系，至少死的时候，他们互相陪着，也不孤单。

骆一舟察觉到手心的濡湿和腰间越收越紧的力气，本命契约传递着向妍的心理变化，他身上的气势柔和下来，却在下一秒又比之前更加强盛。

这三只妖远不至于让他葬送性命。

骆一舟低头看向妍乖觉地把头埋在他胸前，遂放心地幻化出一杆银白长枪。

这是他那个不靠谱的亲爹给他炼制的本命武器。九百余年，至今只出现过四次。而见过它的人，早已丧命。

"你到底是什么人？"

"说了啊，给妖界清理门户的……"骆一舟苦恼地停顿了一下，终于找到一个词，"环境保护者？"

顾不得多言，他将灵力注入，远古悠扬的龙啸声从长枪之中传出，长年累月被锁在丹田之中的银枪好不容易有了表现的机会，激动得枪身战栗。骆一舟手臂一抬，长枪凌空而去，直奔为首的青蛇妖。

三妖总算发现骆一舟的不寻常，再也不像之前那般自大。

青蛇妖错步移位，避开来势，却不料飞驰的枪尾被缩地成寸的骆一舟握住。他反手一转，手上多用了几分力道，向另外一个方向刺去，站在另一头的狼犬妖逃之不及，胸口被刺中。如果不是青蛇妖反应及时，变出一条尾巴把他拉偏一些，狼犬妖早已神形俱灭。

狼犬妖封了自己胸口几处穴位，和另外两个妖眼神交会。他们见骆一舟是个硬点子，默契地放弃原来的作战方式，首尾呼应地踩着相同的步伐，从不同方向朝骆一舟飞来。

将枪头拄在地上，骆一舟借力带着向妍从座位上腾空飞起，踩在青蛇妖的背上作为跳板，只不过全身灵气都在这一瞬灌在脚上，十足十地踩在青蛇妖身上。

青蛇妖口喷鲜血，摔在座椅上显出原形。

"欺人太甚！"

"我以为阁下早该知道的，技不如人就是这样子的下场。"

"你……"青蛇妖再也说不出话来，低头看向自己的胸口，一个坚硬的鸟喙已经贯穿他的心脏。往日里叽叽喳喳的金刚鹦鹉，此时才露出嗜血的一面。

骆一舟看着仅存的妖魔首领，遗憾地说："我还以为，你知道这场群架不是一挑多的呢。"

对面的两妖双手手掌相对，他们的掌心之间逐渐形成一个蓝色光团。

光团扣在骆一舟手中的长枪上，渐渐显出一个仰天长啸的麒麟身影。

光团脱手而出，麒麟也如出笼猛兽，嘶吼着迎了上去。两股攻势在半空中相遇，互相比斗，连周围空气都被带成风刃。

最终，麒麟吞噬了光团。

狼犬妖和鼠妖丹田尽毁，两妖瘫软在地上，喷出一口血，下一秒就被长枪收割了性命。

早已处理完其他车厢妖怪悠悠赶到的钟离大手一挥，原本血液四溅的车壁和三具尸体全都不见。他看了眼骆一舟怀里还在消化眼前状况的向妍，用眼神问："这段记忆不用从向妍脑海里移除？"

骆一舟点头。

好吧。钟离耸肩答应，嘴唇轻启，低声念出一个咒，把全车人关于今晚的记忆替换了一下。有些大胆的拿手机拍下的画面，也粉碎在虚幻之中。

"还有什么需要我做的吗？"二大王率先给骆一舟疗伤，同时又自告奋勇地积极找事情做。

骆一舟假装认真地想了想，很不幸，没有其他多余的事情。

"唉，老子难得出一趟差，才半小时不到。在监狱里放风估计都比这个时间久。"

骆川王拍拍他的肩膀："过不久你就能解放一段时间了。相信我，这个未来不远了。"

至于为什么是一段时间，骆川王不想解释。

Chapter 7

"我的耳朵刚刚红了一下，一定是你
在念叨我。"

01

最终这趟高铁在晚上九点五十分的时候，停在帝都南站。

骆一舟牵着向妍，带着骆金刚钻进早就等在站外的黑色辉腾
车内。

"人生思考完了吗？现在饿不饿？要不要吃夜宵？"

骆一舟料理完妖怪后，向妍用"我要思考人生"的理由，独自
沉默。

除去她被封锁的记忆，前二十多年接受的教育里根本没有怪力

乱神的存在，所以她需要时间理清破碎的三观，骆一舟很理解。

大脑在过去几个小时内，经历了崩溃、重建又完善的向妍摇头拒绝："我不饿，直接送我回去吧。"

她迫不及待地想找郁冉分享一下今天的所见所闻！虽然郁冉可能不相信，毕竟小说都不敢这么写。不过，向妍的重点是，找人发泄，可能多点见完世面的显摆成分在里面。

"好。我送你回去。"

帝都夜晚晴朗干燥，灯火通明，高架上川流不息，有着真实的热闹。

向妍安静地看着窗外，无比清楚地认识到，自己还活在一个正常的人间。

她按下车窗，夜风喧嚣，吹得她的长发四处飞扬，有不听话的发梢轻抚过骆一舟的脸庞，洗发水淡淡的花香迎面扑来，他的心轻而易举地被这几缕发丝捆紧。

"你……"她想了想措辞，"所以你，到底是做什么的？"

"国家神秘事件调查组的客座指导。"

"听上去很了不起的样子。"这个一看名堂就很多的头衔让向妍有点兴趣，"负责降妖除魔？"

骆金刚在副驾驶座上，不安分地探出脑袋解释说："有危害人间的非常规手段，都归我们管。"

"哦，懂得，你们是现代版法海燕赤霞，中国版的 X 战警，复仇者联盟……"

还没看过《漫威》的骆一舟听得满头雾水，不走心地点头道："这个说辞听上去还挺了不起的样子。"

"我发誓，刚才自己是真心实意夸奖的。"

"我也很诚恳。"

才怪，被骆一舟重复一遍，向妍觉得自己刚才那一句评价听上去都有点讽刺的意思。

车辆在高架上疾驰，路边的灯光不断地投进车内，又快速地往后退去。

骆一舟坐在车后座上，一半脸不断暴露在昏黄灯光之中，另一半一直融在暗处。

恍惚中，向妍想到一个很贴切的比喻——骆一舟是一座海面上的冰川。

她看到的，是他自由生长露出水面的部分，而更多的如同背光的骆一舟，仍然藏匿在幽深的大海里。

可是，很奇怪，自诩有深海恐惧症的她并不感到害怕。

"看什么？"

"看清你。"她迷迷糊糊、后知后觉地发现自己已经把心里想的说了出来。

骆一舟的眼神变得幽暗危险，可浑身散发的气场又很欣喜。他俯下身来，在她耳侧："如果你不害怕，那么，我迫不及待。"

"妍妍，你要努力。"他在这世间踽踽独行近千年，唯一想要的只有向妍一人。

一意孤行地与她共命运，分年岁，被她喜怒哀乐影响，连生死都交付给她，他甘之如饴。

所以，向妍，也请你努力地爱上我。

把向妍送到楼底下，直到她的房间亮起灯，骆一舟才让司机掉转车头去调查组的驻地。骆金刚从副驾座位飞到后排座位上，从储物空间里掏出一面发烫的镜子，钟离的脸出现在里面。这是钟离看完《哈利·波特》之后产生了恶趣味，闭关了几个月才制作出来的小物件。

"把人送回去了？"显然，他指的是向妍。

"嗯。"

"她怕你了吗？"

"我看中的人好吗？这点胆识还是有的。"

其实不用问也知道结果，因为现在骆一舟脸上荡漾的笑容能让四海八荒的女妖，前赴后继地扑向他。

空巢老人钟离撇嘴不屑，开始说正题："今天闹事的那群妖怪可能是先头部队。"说起这个，他凝神皱眉，"事情远没那么简单。我会派人多注意妖界最近的动静。对方所需不小，估计后续动作会挺大的。"

"我现在去调查组，估计待会儿事情就会有结果。你保护好龙湾镇。"骆一舟在这个时候记起了某只狐狸，"辛祁被我打败后，被我困在了镇上，你尽管压榨，让他没时间来帝都。"

钟离听出了他前一句的言外之意，没好气地说："知道了，我会照顾好许阿婆的。黑云压城，风雨欲来，你还没正式成年，万事小心点。"

02

隔天早上，舞团休息室。

向妍从团长办公室里挨完训出来，垂头丧气，把自己扔在柔软的沙发里，抱着抱枕，视线没有聚焦地落在空中，连面前被人放了一杯黑咖啡都没有发觉。

　　"你昨晚是去做贼了吗？"把咖啡放在茶座上，郁冉坐在向妍身边，"看看你啊，目光呆滞、神情萎靡，粉底都盖不住你的黑眼圈。"

　　她压低声音问："不会是因为你昨晚跟我说的那什么妖怪劫持高铁，才让你睡不好的吧？"

　　她搞得这么神秘兮兮是怕别人听见，以为向妍脑子出了问题。但此时的休息室里根本没有"别人"。

　　前一晚辗转反侧不得入眠，刚刚又被训了一顿的向妍有气无力，推开给自己加戏的好友，坐直腰呷了一口黑咖啡提神："没睡好是真的，但不是因为妖怪。"

　　"那是为什么？"

　　"因为骆一舟啊。"

　　是啊，骆一舟。

　　向妍不懂是骆一舟的那句话给她太深触动，还是他这个人已经足够影响她，以至于昨晚的梦里全是深情注视着她的骆一舟。眼眸深邃，目光炯炯，似乎人一旦掉进去，就很难再出来了。

　　郁冉等了会儿，没有听到向妍的解释，继续追问："你在想什么？你脸上的表情告诉我有猫腻。"

　　雨水冲刷过后的帝都水色一新花满枝丫，打它走过的人眼角眉梢沾染上的春意渐浓。向妍现在这副神色，明显就是怀春少女。

郁冉挤眉弄眼："我要不要提醒你一下，骆一舟最近在你口中出现的频率特别高？"

有吗？向妍将信将疑，递出一个询问的眼神。

有！郁冉重重地点头，证明自己没有夸张。她说："从你回家开始，基本上每天都会跟我说几遍骆一舟。"

好像还真的是。

向妍心虚地偏过头："好啦好啦，但是我肯定说起你的次数最多。"她站起身，"我要去排动作了，不跟你瞎扯啦。"

她一溜烟逃跑，留下郁冉满面揶揄地坐在原地，拿出手机发出一条信息："十点过五分，今日你的名字，又出现在妍妍口中。请问目前心情怎么样？"

口袋里一阵振动，还在会议室听人汇报情况的骆一舟开了个小差，看到消息后嘴角上扬，心情好到连看大屏幕上面目可憎的妖邪都顺眼了很多。

但这些没必要如实告诉郁冉，他转而说起了正事："近日不太平，你收点心，多看着点她。"

她是谁，不言而喻。

消息发送后，骆一舟两只手指捏着手机随意转动，他在心里否认了好几种开场方式，终于想好措辞，才点开微信里的置顶聊天框，心思荡漾地问："你今天是不是提起我了？"

练习室里一边压腿热身、一边玩手机的向妍差点被劈了叉，缩着脑袋下意识地环顾四周，三个方向的墙面镜子照射出一个猥琐的人影。向妍丝毫没怀疑身边出现了一个卧底，一口否认："没有！我没事提你干吗？"

捉妖的难不成都厉害成这样了？

她脸颊红红的，眼睛死死地盯着屏幕，期待骆一舟能主动说出他知道的原因。

"我的耳朵刚刚红了一下，一定是你在念叨我。"

看来骆一舟只是在瞎掰，向妍松了口气，有些恨自己不争气的恼羞成怒，语气越发强硬："神经病！赖我还不如打开窗透气，你耳朵一定是闷红的。"

大概真应了"情人眼里出西施"那句话，连她倒打一耙的模样，骆一舟都觉得甚是可爱。他眯起笑眼，舌头顶了下腮帮，接着敲屏幕："本来想我这件事情，有是最好的，没有的话可以想一想。我这是在提醒你。"

不要脸。

"你再这么厚脸皮，我会顺着电话线爬过来打你的，我跟你说。"

"妍妍，别光说不练，做个行动上的巨人吧。"

向妍不优雅地翻了个白眼，回敬了一个丑拒的表情包，说："打不起打不起。耳朵红都能怪我，万一打重了算谁的？"

"冤有头债有主，你别不认账就成。"

"……"在维也纳的初次印象简直是走眼。

论不要脸，他排第一，向妍无话可说。

"骆指导是在跟谁发消息？会议中开小差，一点都不尊重大家。"

趁会议主持停下来的空当，坐在骆一舟对面的短发女了开口问道，言语中不难听出一丝挑衅。

她是修真者黄清平天师的小徒弟——越兮吾，为人自傲，一向不喜欢妖族。平时经常会跟驻守在事务局的妖类发生言语上的口角，不过因为有她师父管着，不会闹出多大问题。只是如今，帝都以外多地发生大规模非正常暴乱事件，事务局派出了不少精英和大师去铲平地区动荡，黄天师法力高强，自然被派往最前线，只留下这个小徒弟留守本部。

骆一舟低头看手机，眼皮都没抬一下，发着短信，嘴里一字不落地复述刚才的开会内容，全然不顾对面的人脸色红了又白。

其实论目中无人，骆一舟更甚。越兮吾从小就是众星捧月，被宠着长大，只有骆一舟不买她的账，对她不假辞色，可偏偏越是这样，就越吸引她的视线。

而调查组的其他人一心两用，好奇地用余光瞄向骆一舟。基地为了和谐早就设阵严禁任何的灵力波动，所以在这里的所有修炼者都和普通人一样，对外联系靠手机网络。骆一舟这人向来任性，能不联系别人就不联系，非要联系也从来都是一个电话搞定，从来没人值得他老人家在屏幕上噼里啪啦发消息。

这么一想，所有人都想探究能降服住目中无人的骆川王的人是谁。

奈何一探头探脑过去，骆一舟就机警地把屏幕移到自己胸前，防备地看着倾过来的行动组组长，淡淡地警告："打扰别人谈恋爱，要遭雷劈的，你懂？"

行动组组长此刻仿佛已经被雷劈了一道，僵在原地，问："谈恋爱？"

没有人注意到越兮吾的异样，她瞪大眼睛，难以置信地盯着骆一舟，似乎想找出一丁点开玩笑的迹象。

到底是谁能够让这三个看上去这辈子都跟你没关系的陌生字眼从你嘴里说出来？全场都很好奇。

YINGGEYANWU
-121-

骆一舟无暇顾及同事的大惊小怪，因为向妍要去排练了。

他飞快地发送一条"晚上一起吃饭，我去接你"的短信，等到对方同意了才罢休。他放下手机，眉毛一挑，双手环胸："怎么？我不能恋爱？"

"就……哀悼我单身狗队伍又失去了一员大将。"

所有人都闭上了眼，不忍心看行动组组长如此作死。

"来，继续开会吧。"

骆一舟笑得温和，心里盘算等到出了管制区之后给这堆人紧紧皮的顺序。

大屏幕上切换出几个视频窗口，每个窗口里都是被外派到各地的除妖小分队领导，连钟离都在其中，看样子接下去的内容才是这次会议的重头戏。

"这几天全国的邪魔像是在比赛，今天你在这里弄出小动静，明天我一定要超过你在别的地方来一场……但我们似乎是被他们玩弄在股掌，像只无头苍蝇只顾着在他们后面收拾，根本没时间去细究他们的目的。"

其他人都点头赞同。

全国各地案件频发，死伤数加在一起，已经到了让人咂嘴的地步。缉拿幕后操纵者，刻不容缓。

钟离扮演医生人设太久，温和淡然的形象依旧端得稳稳当当。他提议："这次闹得这么大，帝都绝不会被落下。希望大家提高警惕，不要放过任何一丝不寻常的迹象，顺便可以让骆金刚去跟流浪猫狗打听点事情。"

不是他夸张，这世界上，就没有骆金刚这个话痨打听不出来的事情。

然而，有人却不认同。

越兮吾冷哼："这位前辈未免太天真。我们都调查不出什么原因，指望一只鸟有什么用？"

这种当面被人呛声的状况已经很久没有遇到过了，钟离眯起眼，眼眸中精光一闪，面带微笑："就是因为你调查不出东西，我们才去请一只鸟代劳。这位……"他故意拉长尾音，"不知名小姐，与其怀疑一只鸟的实力，不如先提升自己的办事能力。"

"你欺人……"

"兮吾。"视频里的黄天师呵斥一声，制止小徒弟的出言不逊。

徒弟受训，他面上也无光。可钟离的话句句在理，而且是兮吾先生事端，黄天师拎得清楚轻重，对徒弟的作为极其不满。

被当场训斥的越兮吾气急败坏，愤然怒瞪钟离，不料对上的是他玩味的眼神，似乎对她的那点小心思一览无遗。她慌乱避开，游移的目光掠过一言不发的骆一舟，见骆一舟似乎没有关注当下的争吵，才仓皇坐下。

骆一舟对眼前的争执不闻不问，他靠着椅背，左手插兜，右手放在桌上，修长圆润的指头有节奏地轻敲桌面。他眉眼生得精致好看，绷着脸就能迷惑住人，长睫颤动，眸光幽冷，整个人矜贵清雅又疏离。

察觉其他人问询的目光，骆一舟拿手按了按眉心，不省心的骆金刚立刻让他变得有血有肉。

"骆金刚早上就飞出去了，应该是去探听情况了。"

不然能让他怎么说？那只鸟叫嚣着帝都自古是天子脚下，龙气旺盛，它去勾搭看有没有人杰地灵清尘脱俗的雌鸟？

除了钟离知道骆金刚的尿性，不留痕迹地叹了口气，其他人无不感慨骆一舟会调教鸟。

03

舞室里悬顶的风扇呼啦啦作响，好像无限循环着一首旋律单一的老歌。

其他人在墙边上席地而坐，各自拉伸筋骨，空余的手拿手机刷微博，相互分享最新消息。

三面环绕的墙面镜里，有一个身影站在中间，心里默数着节拍，反复练习她主舞的部分。向妍推迟了一周报到，对新舞蹈的熟练度和动作衔接上还有很多生涩的细节。为了赶上进度，她只能在别人休息的时候，多练习几次。

她从头到尾把一套完整的动作重复了好几次，达到心里的预期，呼吸已经急促的她这才停了下来。胸前的练功服濡湿了一大片，她嫌弃地扯开汗湿的布料。就算练功服每天都会湿透，她也习惯不了单薄的布料贴着身子的黏腻感觉。

余光中有个黑影兜头而来，随后，向妍的视线被一块蒙着头的毛巾给遮住。她喘着气，两三下将顺着脸颊淌过脖颈的汗水拭去。

"一回来就这么拼，还好吗？"郁冉贴心地给她准备了一瓶淡盐水，"喏，多喝盐开水，补充电解质。"

向妍笑："你这说法跟直男的多喝热水有什么不一样？"

"我在对症下药呀，姐姐。"

她没力气和郁冉争辩，仰头灌了几口，突然问："现在几点了？"

"差不多三点半的样子，怎么？"

向妍回避着她的视线："没什么啊，就关注下我练了多久。"

好吧，她说谎了。

闲下来的那一秒钟，她想到了骆一舟，想到晚上的约会，竟然期待时间可以走得快一点。然而这种小事情就不用和好闺密分享了，因为她也吃不消来自郁冉的打趣。

于是她转移话题说："大家刚才说得热火朝天，是在聊什么？"

"她们啊，在增强作为一名单身女性的个人安全防范意识。"

"什么？"

"刚刚新闻报道说帝都出现了连环杀人案，所以大家都在报名团购防狼喷雾、警报器和阻门器。"郁冉收敛笑意，语气变得忧国忧民，"说起来有点人心惶惶。以帝都的治安，出现杀人案就已经要上天了，现在还是连环杀手，真是活久见。"

"这个世界真危险啊！"想到前一晚在高铁上发生的事故，向妍心有戚戚然。

窗外依旧是生龙活虎的柴米油盐酱醋茶，可空气里以往不被人注意的浮尘，还是变成了一场消散不掉的雾霾。

有同事听见她们俩的对话内容，扭过头来补充说："向妍，你还没看新闻吧。警察说凶手针对的目标人群是独居的年轻女性。凶手没落网前，我们下班回家都警醒点，最好是结伴一起走。晚上在家锁好门窗，没事就不要出门了。"

"嗯，一定的。"向妍身子前倾趴在地面上，双腿呈一字叉开，脚尖绷直，努力地拉伸腿部肌肉。这样子的动作并不耽误她分神来聊天。

她说："你们团购的东西加我一份。我这么怕死的人，一定要保护好自己。"

郁冉在一旁挺起小腰板："你武学奇才的好朋友我会保护你的。"

郁冉说得半点不夸张，她在练武方面，从小就开了挂，才高二就拿了全国散打比赛的冠军，后来据说在武术馆里面跟退伍军人拜师学会了军体拳。几个彪形大汉都不能近她身。高考失利后，她说武和舞互通有无，就跟着向妍走了艺术生路线。

对于这位小伙伴的武力值，向妍是充分肯定的。然而，两个人又不是连体婴儿，总有落单的时候。

向妍拍拍郁冉的腿，心领了她的好意："你保护好自己就够了。绝对武力在恶意的杀人计划面前也是有漏洞的。"

深藏功与名的真女妖，伪武术奇才郁冉不以为然，连环杀人犯在她面前不值一提。她不服气地争辩："反正有我在，你安全无忧。"

"知道你对我最好啦，奖励你一个么么哒。"

郁冉咧开嘴，仅仅一刹那，又努力板正脸，嘟嘟囔囔："对你最好的人还轮不到我。"

可能你有所不知，对你最好的那个人，已经把性命都交到你手上了。

其实，向妍除了心里稍微警惕了一点之外，根本没有把连环杀人案这则消息太当回事。听过新闻后，她就把它忘在脑后。

安全生活了二十四年的底气让她没来由地认为，凶杀案离自己太遥远，基本上只是在电视情节里出现。她会早点回家，晚上不随便出门，这只是基于一个单身女性独居生活的自我保护，而不是单纯防范可能这辈子都不会碰到的连环杀手。

可是，不担心的向妍，有其他人帮忙操心着。

下午下班，向妍一出电梯，就看到等在大厅正门口的骆一舟。

他倚着车身，双手插兜，低头独自思考着什么。

这样子的他极为耀眼，周遭人的注意力无一不被他吸引。可在这么多道目光中，他偏偏能轻而易举地分辨出向妍的存在。忽一抬头，他准确无误地冲着向妍笑了一下。

天边金芒半隐半现，他的头发迎风飞扬，笑容熠熠生辉，在他身后往来的车辆行人都变成了黑白照片里的背景。

"这人也太好看了吧！"

向妍没看清是谁这么说了一句。

她的心里此时像是打开了一瓶可乐，甜腻的气泡充斥全身。她步伐轻快、急切，如同迁徙的候鸟入山林，坚定不移地朝骆一舟走去。

向妍不敢去想，她走得这么急切，是怕骆一舟等得太久，还是在别人心里隐秘地宣誓主权。

04

车内很安静，既没有人说话，也没有放车载音乐。向妍右手挂着头，视线避无可避地直视驾驶座的方向。五月帝都干爽的微风从开着的车窗缝隙里漏进来，他额前的碎发被吹得飞扬，露出饱满光洁的额头。

忽然间，向妍心思一动，审视着彼此当下的状态。

两个人待在一片静寂里，连沉默都变得自在。是不是代表他们之间已经熟悉到无须寒暄？

这个问题看起来有些娇情，向妍迷迷瞪瞪地想，眼皮逐渐合上，思绪慢慢模糊。

"这家菜馆叫'饕餮楼'，味道还不错。就是老板懒得挂牌匾，偶尔有其他人开车路过，都不知道这是一家菜馆。说它是菜馆，其实有点委屈了它。方圆十里，都是属于饕餮楼的菜地。"

向妍诧异，眼睛睁得圆圆的，瞳孔里映着对面的骆一舟。

"哎？方圆十里？我都没看见。"

从拥堵的市区开到这里花了一个来小时，而向妍全程睡得昏天暗地。到了地方她才被骆一舟叫醒，亦步亦趋地跟着他走进了一座小楼，直至大脑完全清醒，她已经坐在了这家酒楼的包厢里。

她眺向窗外，夜色浓重，只有竹林里的几盏看上去很温暖的灯笼在晚风中摇曳。

她问："这么夸张？开在这郊区，不亏钱吗？"

"他不图钱。这就是他给自己开的菜馆，或者可以说是食堂。"骆一舟接过向妍手里的电子菜单，熟门熟路地又加了两三道菜品，提交到服务台。

"食堂？我开始对食堂和菜馆的定义有些迷茫了。"

这么大手笔，只是为了建造一个食堂，向妍对吃货的敬意油然而生，不禁对还没上来的晚餐多了一丝期待。

"时今只是对吃的比较看重。"骆一舟轻笑，补充说，"时今，是店老板的名字。"

没再纠结这个问题，他指着窗外给她看："屋前的苍绿竹林，是时今附庸风雅特地移栽过来的。喜欢的话，吃完饭我们移几株回去。"

他说得随便，根本没把这片放在修真界能让人趋之若鹜的紫竹林放在眼里。

向妍拒绝。她在帝都的房子还是租的，哪里来的地方栽种竹子。

仇富的心理都是被逼出来的。

"听起来，你跟老板关系还不错？"

"还好。"

"哦。那为什么要给食堂取这么霸气的名字？"

骆一舟抿着唇，不知道该怎么说出"没什么引申含义，老板是饕餮，所以饕餮的楼叫饕餮楼"的答案。

还好，敲门声打断了两人之间的谈话，放在推车里的菜色足以吸引向妍的全副心神。

吃货老板的饕餮楼实至名归，喝到嘴里的第一口汤就征服了向妍的味觉。

"今晚之后，我的舌头估计看不上外面的残花败柳了。"她幸福地发出喟叹，眯着眼回味汤头的鲜美，用双手捧着碗，一口一口地喝着。

骆一舟拿公筷往她碗里夹菜，看她像只小仓鼠似的，鼓着腮帮嚼东西，意外地很享受投喂的乐趣。

"这里的菜要是不好吃，时今是第一个砸店的人。"

就是因为老板挑剔，所以厨师才把菜肴的味道做到了极致。

他问："明天晚上你有约吗？我去接你下班，我们再来这里吃饭。"

"不了。"向妍摇头，"太麻烦了。"

他们之间的感情发展得很快，意识到这点的向妍有点不安。她对别人的安全感，来自于经年累月的积累，而骆一舟不同。他突兀地出现，强势地参与她的生活，她甚至来不及思考，她对他的好感源自哪里。

骆一舟追问："是说来这里麻烦，还是怕我去接你麻烦？"

"都麻烦吧，哪能天天让你来接我下班。"

她不是一个善于拒绝的人，特别是在敏感地知道别人施与好意的时候。于是回绝的语气有些迟疑，低着头不敢跟他对视。

骆一舟看着她的头顶，心里微微叹了一口气："如果我说，我想呢？"

她顿住在碗里像只个无头苍蝇一样来回捣鼓的筷子，抬眸凝视："什么？"

"下班你要是没有其他安排，我想每天去接你，把你送回家。"

"为什么呀？"

因为是你啊。

是让我放弃原则，打破原则的人，是我想跟你一起岁岁长长的人。

每个生命都是一个个体，终究是一个来一个走。这是他有记忆起便被灌输的道理，于是骆一舟想，天地间行走，他一人足矣。

而现在，他心甘情愿，不，是迫不及待想与向妍分享他的生活。

骆一舟深深地看了她一眼，说："今天的新闻说帝都有连环杀人案件，所以，我得每天把你安全送到家。"

凶犯的作案手段太残忍，新闻里并没有详细曝光出来，但骆一舟一看案卷调查就知道，这是非自然力量。每个受害者死前被掏心，然后被吸完血变成干尸。

他试着查找出凶手，可是不知道对方用了什么匿藏踪迹的手段，这让他无从下手。妖性本自私，他唯一希望的就是能保障向妍安全。

"这么认真？"向妍咬了一下嘴唇，"我包里有防狼喷雾。"

骆一舟托着腮："有比防狼喷雾靠谱一百倍的我在，你为什么不用？"

"是啊，有骆一舟在，邪魔不侵。"

包厢门被打开，走进来一个眉目跟骆一舟不遑多让的男子。他施施然坐下来，伸出一只手在向妍面前："你就是骆狗的女朋友？我是饕餮楼的老板，叫我时今就好。"

这就是有钱、任性，还很爱吃的老板？现在好朋友之间都互称"×狗"了吗？还有，她并不是骆一舟的女朋友啊。

向妍急忙在心里推翻一连串反驳，又默默质问自己为什么把最大的 bug 放在了最后思考。

"你这只狗爪再不缩回去，等下就让厨师做一道红烧狗爪的菜。"骆一舟皱着眉，"为什么你会在这里？"明明早上还确认过，说他被困在龙宫里关禁闭。

"小气。你就是这么对十几……"时今放在桌子下的脚被狠狠地踩了一下，他强挤出微笑，把后面的单位量词从年改成了天，"天没见的好朋友吗？"

看着骆一舟重色轻友的脸就来气，来他的食堂吃饭还不高兴看到他，这人真难伺候。

"听说你带了人来我这里，怎么能不赶过来看看？"时今拉开一把椅子坐下来，对向妍说，"还是第一次看到骆狗带人来这儿的。"

骆一舟皮笑肉不笑地问："那看完了，还坐下来干吗？"

时今挤眉弄眼："不，我作为你娘家人，来陪陪客。"

反正他皮糙肉厚，根本不在乎骆一舟的眼刀。

时今双手环胸地靠着椅背，倨傲地抬抬下巴："你们吃你们的，我说我的。"

关了一年禁闭刚被放出来，他现在亟须跟人聊聊天，什么话题都不打紧。所以，自觉体贴的时今选了一个大家都感兴趣的事情。

"你不知道，我第一次遇见骆一舟，是他离家出走的时候。"

被意外揭老底的骆一舟咳得有点厉害。

时今说的是几百年前的老皇历。

骆一舟被飞升到其他位面的父亲交给钟离后，他每天都得按照钟离制订的培养人才计划修炼。按钟离的说法，是骆一舟那个真人没有出过镜的不负责老爸说，他们一族抗压性极强，平日里修炼千万不要放水。

所以立志把麒麟族妖王培养长大的钟离勤勤恳恳，以踩着底线操练骆一舟为训练基准，让他能够早日成才，担当起妖王的责任。

但是年少的骆一舟并不能消化日复一日的高强度训练。在多次反抗不成后，他终于趁着月黑风高，背着一个小包裹出了落麒山。

至于认识时今，是因为两个人的兽体从某种意义上来说有点相似。所以时今对他一见如故，分出了一小小半的食物给他吃。

分食物出去，这是一只饕餮的最高善意。

当然，时今不可能说出实情，他按人类逻辑稍微加工了一下，才把这段往事尽可能真实地叙述出来，说完后仍然觉得不过瘾。他从记忆中调出了一副骆一舟还是小屁孩的模样，定格成照片，从口袋里摸出来送给向妍。

"他小时候比现在可爱多了吧？喏，当作见面礼，送给你了。"

功成名就，该聊的天也聊了，再待下去骆一舟指定得翻脸。很会见机行事的时今不顾骆一舟的脸色，这才满意地起身离开包厢。

照片上是一个白白嫩嫩的三头身小豆丁。

加上时今夸张的描述，向妍能脑补出鼓着苹果脸的迷你骆一舟走路跟跄，稚气地背着小书包要出去讨生活的画面。

为什么近期的亲子综艺这么火？就是因为可爱的小朋友做什么都很戳中人。

向妍盯着照片："你小时候真的很萌哎，我体内的怪阿姨情绪立马高涨起来了。"

骆一舟正襟危坐，并不想把小时候可爱的形象展现在向妍面前。他严肃地清清嗓子，可这并没有让向妍把注意力集中到他身上。

忍无可忍，骆一舟伸出手按在那张照片上："真人就在这里，看照片还不如看我。"

"可你现在长大了啊。"向妍从他手底下抽走相片，"又没以前那么可爱。"

骆一舟想现在就变个身给她看！

"不过，为什么要叫你骆狗？"

"……"

骆一舟对上向妍充满求知欲的眼睛，强忍住在她记忆里抹掉这段黑历史的冲动，辛酸地回答："你就当他是神经病吧。"

Chapter 8

"整天一副鼻孔朝天的模样，鹦鹉看
了都想打人。"

01

骆一舟是个说一不二，执行力很到位的人。

所以第二天，依旧是大厅门口，依旧是熟悉的身影和车辆，除
了经过钟离场外指导，他手上多出的一束永生花。

向妍挽着郁冉和同一趟电梯的人走到门口，骆一舟站直身，像
屹立在风中的一棵白杨树，大大方方地走到大家面前。

"你就是骆一舟啊，是向妍的男朋友吗？"

　　郁冉对自己高出骆一舟三级台阶的位置很满意，她居高临下，抓住这难得的机会睥睨骆一舟。

　　"我也希望是，但现在还是追求者。"说完这句话，骆一舟委屈地望向他的面试官，希望能早点从她手里拿到这段关系的通行证。

　　向妍被盯得有点脸热，不管是骆一舟的目光，还是其他同事的打趣。

　　她装作大大咧咧，用最近大家常说的那句话赶人："好啦，朋友们，再不走天就黑啦，路上要小心哦。不要走小路，早点回家，注意安全。"

　　"向妍你这样子，娘家人很伤心的。"

　　"好啦好啦，我们不打扰啦，这就清场。"

　　"祝你早点追到向妍哦。我们看好你。"

　　最后一句话，得到了骆一舟的微笑和道谢。

　　郁冉本想光荣地做个电灯泡，可架不住骆一舟的威压，最终冒着后期被清算的危险，跟向妍说："现在的危险多半是熟人作案，你时刻要保持警惕。"

　　把立场坚定在向妍闺密的身份上，郁冉悲壮地转身离开。希望看在她维护了骆一舟心上人的分上，一些口舌便宜便不会被他计较。

空气变得安静，所有神经末梢都在抓关于骆一舟的信息。他的存在感，挤压着向妍周遭的生存空间，变得格外醒目。

"送给你。"他抬手，举起那束花。

"怎么突然送花？谢谢啦。"

从她反应过来到接过花束，中间有一段愣怔的缓冲，向妍用手指轻触花瓣，垂眸仔细地感受快要迸发出来的心跳。

开始在公演节目里挑大梁后，向妍对被送花的定义，是做完一次家庭作业，表现不错，所以老师给了一朵大红花。观众献花，她接受，说谢谢。虽然里面的情谊没有半点折扣，可这几乎是一套约定俗成的模式。

她细究了这股徘徊在心间的情绪到底是什么，笑颜舒展："我真的很喜欢。"

我不知道你是怎么理解我这句话的，骆一舟。

但是我突然开始确定，原本在"喜欢"后面，却被我省略掉的宾语，不是那束花，而是送花的那个人。

去饕餮楼吃完饭，再到向妍的小区外，已是星光点点。向妍说晚上吃了七分饱，要在小区里散步消食，于是骆一舟下了车，陪着减肥期的她一起走在昏黄的路灯下。

天上的星子疏朗，夜风轻拂过树枝沙沙作响，鼻尖萦绕淡淡的花草香，枝繁叶茂变成斑驳的墨点在地上浮动。从他们并排的脚尖延伸出去的身影，在经过一个又一个的灯圈下，不断被拉长缩短。

平日里被看了千万遍的景色，今天却有了些许不同。

月色温柔醉人，向妍走到单元楼下，转身问他："你渴了吗？要不要上去喝杯茶？"

鬼知道上一秒的她是被下了什么迷药？这句话被太多的电视剧演绎，现在已经转变为遐思万千的问题。

骆一舟憋着笑，看着站在面前瞬间羞愧得不敢抬头直视他的女孩。

她一贯是落落大方的，鲜会有这种小姑娘家的情绪出现。幼时遇见她还懵懂，后来重逢得太迟，她独自承担命运给她的得失，从一颗尖锐粗糙的沙粒，早已脱胎换骨，变成一颗圆滑的珍珠。

这个机会千载难逢，骆一舟咳了咳："好啊，你不说我也想请你让我上去喝杯茶的。"

那好巧哦。

向妍撞上他含笑的眉眼，心里的那点褶皱和窘迫，消失在风里。

02

九点多的夜晚，邀请一个男生来自己独居的房子，是一种怎样放不开的感觉?

沸水被倒进玻璃茶壶里，茶叶在水里舒展沉浮，把一壶清水染成淡绿。向妍在茶香中思考，一喝完茶就赶骆一舟走的可行性。

在向妍脑海里被花式赶走的骆一舟还不知道自己的处境，他在客厅里四处转悠。

这个温馨的一室一厅小房子里，到处充满着她生活过的痕迹，连空气都是好闻的柚子清香。第一次进入到一个女孩子的私人空间，骆一舟看什么都有些新奇，以及心潮澎湃。

倒了两杯茶放在茶几上，向妍问："你要看电视吗?"

"不看。"

那么，纯洁的孤男寡女共处一室的时候，做什么才正经又不无聊呢?

她没想到骆一舟拒绝得这么干脆，脑子反应了一会儿，终于记起抽屉里有一盒围棋。这回，她不再询问意见，她在桌上摆出一副棋盘和两盒黑白棋子。

骆一舟拿手往后扒拉了一下头发，语气有点诧异："你要跟我下围棋?"

"不是呀。"

下一局围棋，今晚他可以不用回了，向妍才没那么傻。

她说："我们来下五子棋。"

"我第一次来你家做客，我们两两坐着下五子棋，是不是有点太纯情了？"虽然骆一舟没有什么经验，可这明显说出去要被人笑话的。

闻言，向妍一脸戒备："现在我们这种关系，你这么问是不是有点太禽兽？"

"我们什么关系？"

"没有到谈论纯不纯情的关系。"她回答得滴水不漏，偏也让人找不出什么问题。

骆一舟说不过她，倏地转过身，坐在茶几上背对着她，他鼓着两边的腮帮子，敢怒不敢言的样子让向妍有些心软。

背过身向妍会看不清自己脸上的表情。于是，他转了半边身子，故意往向妍的方向递了递他那张帅气的脸。心里数完一二三秒，他又转过去坐正。

客厅的吸顶灯光照下来，似乎在她眼前加了一层滤镜。骆一舟极有少年感，他无心的一个举动经常能让她想起高中时候班上的小男生。

也不是，最让人回忆的应该是她很多年都没有再回忆起的青涩感。

向妍望着他的背出神，久久没有收回的视线让骆一舟如芒在背。

他暗自叹气，放弃了本还想坚持一下的情绪。

都已经进家门了，离她松口答应的日子还远吗？

骆一舟侧着身，在棋盘中心落下一子。他的手里还有几颗，石制的棋子随着手心摇晃互相碰撞，发出的声音清脆一如他的嗓音。

他问："你一个人住不无聊吗？"

向妍不假思索，挨着黑子旁边放下一颗白子："不无聊啊。看看书练练舞，时间一下子就过去了。"

"没想过要养宠物吗？"他在向妍看不到的角度俯视她，光洁的额头，薄如蝉翼的长睫，圆润小巧的鼻头和唇珠。他舔了舔有些干燥的嘴唇，"比如一只狗。"

意识到终于借着话头问出了这个对他来说很重要的问题，骆一舟很少这么紧张，身体里血脉贲张，所有细胞都在严阵以待，等着一个答案。

"狗啊，"向妍捏着一颗棋子，用它戳了戳下巴，思考片刻，把它落在合适的位置，"虽然是很可爱没错，但我还是有点怕狗，所以一直没有养宠物的想法。"

"为什么会怕狗？"

向妍皱眉："小时候捡到过一只流浪狗，后来被它咬了一口。"

　　这是一段不怎么开心的回忆。

　　她还记得那只看上去两三个月大的幼犬，趴在草丛里，浑身脏得看不出原来的毛色。那时的小向妍，高兴地把它抱回家，请求爸爸妈妈答应收养它。

　　洗干净的小狗非常漂亮，浅金色的皮毛细细软软，摸起来手感特别舒服，幼儿园中班文化程度的小向妍，按照毛发给小狗取了一个"小黄"的名字。

　　原本故事可以照着"狗狗是人类的好朋友"这个剧情展开，可不料有一天，小向妍逃课带着小黄去家门口的小公园玩耍，她抱着小黄，熟练地给它撸毛，却被它反口咬到手背。小向妍号啕大哭，小黄一个飞蹿逃离了案发现场，再也没有回来。

　　家附近的邻居闻声赶来，带着小向妍去医院找她爸爸，顺便补了三针疫苗。

　　"狼与狗同宗，那么有白眼狼，就有白眼狗咯。"

　　被咬的那一口倒不是什么大伤。但是，就算当时年纪小，她也记得接种狂犬疫苗得打三针。三针之仇刻入脑海，她愤愤然接着落下一子，恶狠狠地说："我碰到的那只狗，真不是什么好东西。"

　　忘恩负义，狼心狗肺！

　　"可能那只狗有什么苦衷，比如……"

"Yeah！我赢了！"

骆一舟的话还没说完，就被向妍的欢呼声打断。她抬起头，眼睛里映着灯光，细碎的光芒一闪一闪，格外迷人。赢了棋的心情很好，嘴角还挂着往日不怎么出现的梨窝，她疑惑地问道："你刚要说什么？"

机会转瞬即逝，骆一舟呼出一口气，摇头间把脱口欲出的话又藏了回去："没什么。我该回去了。"

向妍惊讶于骆一舟的自觉，起身送他到玄关。

骆一舟站在门外，抵着即将关闭的大门，他和门内的向妍咫尺之隔。

楼道里很安静，感应灯在他们俩的头上亮了又暗。屋内的光溜出来一束，他的面容隐在暗处看不太真切。向妍只觉得骆一舟眼睛里多了些看不出是什么的情愫。

可他问得很认真，声音里就能听出郑重："你相信人与人之间有因果吗？"

她轻声答："不如说，我相信每个人之间都有缘分。"

她不信前世今生，不研究机缘巧合，可换种说法，她相信每个人的一生是被宿命安排好大方向的。人与人之间有千丝万缕的联系，这就是每个人的缘分和相遇的契机。而是否相识相知，熟悉如密友，这又是另外一回事。

“可我信。”

那个画面在我脑海里慢镜头回放无数次：你在青草间掬露珠将将而至，一颦一笑沾染上草木清香阵阵，而我记得你笑声柔软，散在风里乱了枝颤。

向妍，你是我的因果，我很确信这件事情。

而我如此开心，你是与我生命纠缠不休的那个人。

他眼眸中包罗万象，装下了宇宙星河与世间温柔。

扑通扑通地，她心乱了。

03

基地里人来人往，每个人步履匆匆。

骆一舟起身，抻了抻坐在电脑前一夜，以至于有点僵硬的脊柱。留在总部的人手严重不足，连平日里偷懒不管事的他都被赶鸭子上架，要求他筛选从全国各地报上来的案子，以防疏漏了什么不起眼的线索。

越兮吾神色慌张地从外面跑进来，看到骆一舟像是溺水的人在大海里找到了救命的浮木。她定了定心神，手指紧张得攥在一起，语气依旧趾高气扬：“骆一舟，总部现在派你去西南城市平乱，资料发你手机上了，你最好先看一下。"

　　"西南？"骆一舟没有追究她的态度。最近他和向妍的相处融洽，连带着心情也变得好了很多，但外派的这件事情让他不甚欢喜。他轻蹙眉头，"为什么让我去？西南不是有你老师在那儿镇守吗？"

　　越兮吾想到收到的消息，眼中闪着泪光，声音有些哽咽："我老师不敌邪魔，受了重伤。那边情况危急，现在也只有你才能去那里控制局面了。"

　　一码归一码。别看越兮吾性格不讨喜，但黄天师为人宽厚，法力高深，平时有时间都会对总部的小年轻们指点一二，所以在基地还挺受欢迎的。

　　骆一舟虽然不想离开帝都，但考虑到救援对象是黄天师，他怎么样都要走一遭，去把人接回来。他点头应承下来："我知道了，你先回去吧。我先准备一下，完了就去西南支援黄天师。"

　　越兮吾抹了一把眼泪："你现在不马上出发，要干吗去？"

　　骆一舟脸色有点不好看。越兮吾态度不好还管东管西，黄天师什么都好，就是收徒弟的眼光不太好。

　　看在她因为担心老师情绪不好的分上，他咽下了不满，冷言冷语："我还有点事，不耽误救你老师。"

　　他拿好桌上的车钥匙，离开了灵力管制区，才传音让不知道飞到哪里浪去了的骆金刚回来。

其实也没什么好准备的，只是想要在离京前再去见向妍一面，顺便把骆金刚留下来给她防身。京城的连环杀人案还未被侦破，凶手也没有再次作案，看起来风平浪静，但只要没抓到真凶，他还是不太放心。

他把车停在舞室楼下，骆金刚正好赶到，轻车熟路地等骆一舟出来，继而站在他的肩膀上。

骆一舟下了车，往向妍的手机里发了一条短信后，他往十八楼的那一层看去。

如果正好赶上向妍压筋的时候，那她会站在窗前，一边压腿，一边看窗外看似很近的浮云，和底下的车水马龙。

一人一鸟站在街道旁边都极为打眼，向妍从楼上奔下来，还有点气息不稳。

"为什么这么着急？"

"为什么突然来了？"

两个人同时问出声，骆一舟双手插兜，脸上满是不情愿："我要去西南城市出差，有好几天不能来接你下班。你帮我照看几天这只蠢鸟，平时上下班也可以带着一起。没事就约你朋友出去玩，别一个人待着。"

好久没见鸟影的骆金刚挥了下翅膀，带着在帝都万花丛中培养起来的流里流气，故作潇洒地问："嘿，小妍妍，是不是很期待和我的二人世界啊？"

可惜向妍听到骆一舟的前半句话，两只耳朵就自动拒收其他消息，自然也就没看到这只胆大包天的鹦鹉被骆一舟掐着鸟腿的场面。

听说培养一个习惯只需要二十一天，而她才用了一周就已经多出了一个叫"骆一舟"的习惯。

平日里把下班后的这段时间分享给他，并没觉得有多了不得。可现在，骆一舟还未离开，她就已经预估到了没有骆一舟出现在身边的日子，会让她多无所适从。

"你要去几天？"她问。

这个问题取悦了骆一舟，他面色温柔，语气轻松："说不好。不过我尽量早点回来。"

想起他的副业，向妍不免又多问一句："会有危险吗？"

黄天师都要折进去的事情，应该是有危险的。骆一舟不正面回答："我会平安回来的。你记得想我。"

"好。"

向妍应得斩钉截铁，让骆一舟怀疑其实她根本没有仔细听他说了什么。

向妍弯起嘴角，不得不重复："我会想你的，你出差注意安全，早点办完事，早点回来。"

被人叮嘱的感觉，像是一杯温水，含蓄温柔，没有气泡水的跳跃，却能不动声色地温暖全身血脉。

他咧开嘴，用手捂住从眼睛里蹦出来的喜悦："怎么回事，还没离开我就已经想回来了？！"

你为什么不能变成小小的一只呢，向妍，就像童话书里的拇指姑娘？

我渴望邀请你，住进我的口袋里，连同我所有的不舍和不能剖给你看的爱与温柔。

答应了很多不对等条约，才跟骆金刚一起把骆一舟送走。等他远去看不见身影，向妍才转身进大楼，意外撞上了站在她身后的一名眼睛红肿的年轻女性。

"不好意思啊，你没事吧？"

向妍伸出手，准备虚扶她一把，却被恶狠狠推开。

"不用你假好心！"

越兮吾利用职务之便，让人帮忙定位到骆一舟的位置。她急忙赶来，想看看究竟是谁让骆一舟心心念念，连救人的大事都放在身后。可真正站在这个女人面前，她自问没什么比不上向妍的，但是，为什么就从来没有见识过骆一舟温柔小心的一面呢？

当年初次见面，快成年的越兮吾跟着师父去燕栖山参加三界代表碰头的会议。她因为无聊，偷偷地从会议室溜出去，追着山林中翩翩飞舞的蝴蝶乱跑，没注意脚下快要踩到悬崖边，一个踩空就要跌入深涧。

惊慌失措间，她被一股气流抬起，这才让她免于灾祸。然而后来，她并没有对救她于危难之中的人道谢。因为她离开悬崖边后，那股托住她的灵力没有前兆地被撤走，她就完全不设防地栽了个大跟头。

骆一舟没有送佛送到西的伟大节操，他双手插兜，不甚满意地看着她："进燕栖山前，没人告诉你山内不得随意走动，要不然死伤自理吗？"

似乎与她多说一句都嫌烦，骆一舟没有得到回答就自顾自转身："真是麻烦。下次死都不会答应钟离把会议地点放在这里。"

明明对她没有一点好脸色，越兮吾却把这个离开的背影烙在了眼里，印在了心中。

如此便是十年。

　　向妍不认识越兮吾，对她的过激反应一头雾水。

　　一大早这是吃火药了吗？奈何是她撞到别人身上。向妍耐着性子，又确认了一遍："请问我有撞到你哪里吗？"

　　越兮吾没有回答，带着狠厉与恶意，瞪了向妍一眼，扬长而去。

　　"神经哦。"向妍被搞得有点莫名其妙。

　　骆金刚站在她肩膀上，仿佛是个阅尽沧桑的老人不跟小辈一般计较的口吻："唉，她就是这副样子。调查组里最难搞的人除了她没谁了。"

　　"你们调查组的人啊？怎么跟你都不打招呼的，还这么凶。"

　　"越兮吾嘛。整天一副鼻孔朝天的模样，看不起这个，看不起那个的。鹦鹉看了都想打人。"

　　向妍被它的义愤填膺逗乐，调侃说："那刚才怎么没见你打一下？"

　　绿豆大的眼珠飞快地转动，骆金刚非常自豪地回答："鸟要听命行事的。刚才你没对鸟下命令呀。"

Chapter 9

"骆川王，你赶紧回来找这只阻碍你
恋情的狐狸约架吧。"

01

骆金刚的入住，还是让向妍的生活产生了一丢丢的变动。起码她起床可以不再定闹钟，而是由骆金刚在七点半的时候准时叫醒。

舞室的同人们没在公司楼下看到骆一舟的刹那，差点不再相信爱情。而在听说由他的宠物骆金刚暂时替代出差的骆一舟，护送向妍之后，又纷纷调侃骆一舟的良苦用心，羡慕向妍找到了如此体贴的男朋友。

"有什么良苦用心？"唯一持不同意见的郁冉，生着令人摸不着头脑的气，"一只肥鸟护送你，能抵什么用？蠢成这样，妍妍你真的不再仔细考虑一下，给骆一舟一张红牌罚下场吗？"

都说了有她二十四小时不间断保护向妍，还有什么不放心的？非得又派一只肥鸟保护，这说出去，她妖界金牌保镖的脸面往哪里搁？

郁冉做惯了神助攻，有史以来第一次决定扯一扯骆一舟的后腿。

今天是周日。向妍仗着自己重新减回来的体重，捧着一杯热奶茶，跟郁冉并肩走在充满冷气的商场里晃荡。

她嘬了满满一口奶茶，停留在口腔一会儿，才咽下去，把嘴里滑溜的珍珠慢慢嚼碎。闻言，她斜觑了好闺密一眼："说什么呢，八字还没一撇的事。"

"要是没有那一撇，他那一周还能接送你下班？"郁冉撇撇嘴，"以前对付你的那帮追求者，你可从来都是快刀斩乱麻。向妍小姐姐，区别对待，很能说明问题的。"

向妍语塞，只能回一句："一会儿让我发红牌，一会儿又说区别对待是有问题。请问，这位善变的小姐姐，你到底是站在哪一边的？"

"我站在哪一边，还不是看你的意思。只要你想清楚了就好。"

在陪伴向妍将近二十年的时光里，她的立场慢慢发生转移。从一个听命行事的保护者开始，变成能够保护向妍安全的好闺密。所以现在郁冉考虑事情的出发点，全都站在向妍的立场上。

看上去像是叛变了原组织，但让骆一舟很满意。

二十年的时光，对于妖族来说，只是弹指一挥间的事情，都不好意思拿出来炫耀。

但从一个软软糯糯的小女孩长大成人来看，时间被无限延长，每一天的细节都能清晰地在她脑子里回放。

"你们明明你有情我有意，为什么还这么含糊地在一起哦？"

郁冉不明白为什么向妍明知道自己的心思，还不跟骆一舟挑明。人生本就苦短，何必要浪费多余的时间去猜测对方的心意？

向妍没说话，她晃荡了一下手里空了一半的塑料杯，奶茶在杯子里被顺带出一个小漩涡。她的心情就像杯子里的珍珠，被迫旋转，难以归位。

"大概是因为，他后来就再也没问过我了，而我们也达成共识了吧。"

她苦思冥想，无非就是这样子的情况。

在感情中，向妍是个很被动很慢热的人。像是一块在平地上等着别人推动的石块，或者说是湖水里的浮萍，前进或后退，只能被动地去依赖外部的力量。

她以前不咸不淡地谈过两次恋爱，也许是在交往中对方发现她并不是她表现出来的样子，和预想的大打折扣，又或许是因为知道她不够投入，最后都无疾而终。

而骆一舟，第一次贸贸然说出口之后，似乎没有很明确地再次提问，让向妍能够直接回应他的感情。

她想，这大概是他的体贴，不匆忙，不逼迫，等着水到渠成，她能够自然地接受他的心意。

不懂得弯弯绕绕，讲究快刀斩乱麻的郁冉听了向妍的回答，并不是很能理解。

"行吧，我只想当个安静的吃瓜群众，看你们两个成年人谈一场小学生式的纯情恋爱好啦。"她决定不再帮忙添油加醋，端看这两个人还没明朗的感情，能在什么时候戳破这层窗户纸。

"哎？凭什么单身狗的你还要过问我的进度？明明你是落后的人。"向妍这才反应过来，"就算是催进度，也是应该我替你着急一下才对吧。"

明明是远在龙湾镇的钟离着急好吧，他一心想要骆一舟回去换他的班。

"我就是看不惯你们磨蹭。"

向妍晃着头："其实水到渠成也挺好的。"

反正，它就在那里。

02

窗明几净的客厅，一人一鸟在沙发的两端，沉默地对峙着。天边的余晖逐渐被夜幕吞没，客厅里的视野随之变得暗淡。

"咔嗒"一声，大门被打开，门口传来向妍柔和的女声："骆金刚，你在家怎么不开灯？"

被点名的骆金刚听到动静，率先挥着翅膀飞到半空，速度快得是那种不能忍受与一只会吃鸟的狐狸待在同一片空气里的迫不及待，它一边咋咋呼呼地飞出去，一边叫道："向妍，你回来啦，客厅里有一个不速之客。"

不速之客不赞同地瞥了一番骆金刚，物似主人形，连烦人的程度也学了个十成十。

过得很精致，从来没吃过鸟的狐族妖王，在今天第九十六次想吃烤鸟，他嫌弃地开口："我是来看望朋友的。你这只鸟跟向妍是什么关系？"

向妍打开灯，看到站在客厅中间的辛祁，脸上露出微笑："你假期休完了？下午我还跟郁冉一起去逛街，你怎么没打电话给我们啊？”

“我想着先把许阿婆让我给你捎的东西带过来，所以一下车就过来了，等下就走。”他指着地板上的一堆山货和风干的海鲜。

被钟离支使得二十四小时不得空闲的辛祁，在听到骆一舟去西南平乱后，趁钟离没注意，找了个空当溜出来。这段时间精力消耗过多，更糟糕的是，修炼到了瓶颈期，于是他才想来向妍身边，寻找突破的一线机遇。

可现在，辛祁往旁边一瞥，是那只正扑棱翅膀、很碍眼的金刚鹦鹉。他敢肯定，金刚鹦鹉刚才就已经把他在向妍家的消息告诉骆一舟了。

骆一舟。

他咬牙切齿地想，如果不是上次输给了这只小狗崽，他何苦现在会过得这么受制于人。

辛祁长叹一声，问：“这只鸟怎么在你家？”

向妍放下手里的购物袋，蹲在地上专心地把家乡特产分门别类，并没有注意到他们之间的眼神厮杀。

“骆一舟去外地出差了，所以让我照顾一下他的宠物。”这话说得她都不好意思了。

从现在被整理得一尘不染的房间就能看出，到底是谁在照顾谁了。洗衣晾干，打扫房间，甚至去楼下拿快递，骆金刚虽然是只鸟，可它就算没人照顾也能自力更生，而在向妍这里，它活得像一位尽职尽力的劳模。

想到骆金刚的劳苦功高，向妍决定把辛祁刚拿来的海鲜分给它一半。

"骆一舟怎么会找你照顾他的鸟？"

"都是朋友，又都在一个城市，当然得互相照应了。"

骆一舟的动作快得出人意料，上次见向妍还对他设防，现在就已经敞开胸怀地以朋友相称。不服气的辛祁，不露痕迹地给他上眼药："他在帝都就没别的朋友了吗？什么事都来找你，不怀好意。"

您老人家慧眼识英雄，真的说中了。

向妍整理好东西，把它们放进冰箱，略微不自在地说："还好啦，都是朋友随便帮把手也没关系。再说，骆金刚住在这里，帮了我很多忙。"

表现被肯定的金刚鹦鹉抬头挺胸："就是。妍妍一个人住，我还可以陪陪她。"

奉命保护向妍，这个任务既光荣，又能显示出它在骆川王心里的分量。

然而辛祁才不管这么多，他语气凉凉，一击必中："向妍一个人住了这么多年，也没见你以前来陪过她。"

还不是因为当初你这只狐狸不怀好意地接近向妍，让骆一舟心神不稳，耽误了筑基，这才延迟了闭关时间。

"迟到也比不到好，反正现在我就来了。"新仇旧恨涌上心头，骆金刚的翅膀像是扇出了火气，挥舞的频率越来越快。

可它这点伎俩在辛祁面前根本不够看。辛祁的情绪甚至一点都没有波动，面上一派云淡风轻："你悠着点，火冒三丈地烧了这房子，你家骆一舟第一个扒了你的毛。"

"好啦好啦，没想到你和骆金刚也能斗起嘴。"向妍终于能在这场唇枪舌剑中找到缝隙出声制止，"辛祁，你是不是还没吃饭，我去煮碗面给你吃哦。"

她在商场已经和郁冉吃完晚餐，而骆金刚最近用鸟食在对付。

手机铃声出场得很巧妙，辛祁不用看来电显示就知道是谁打过来的。他叹了一口气，无奈地接起电话："嗯，是的。怎么？这都要管？好，我知道了。我这就回，还不行吗？！"

他挂断电话，走到离向妍两步之遥的地方，感觉到自己被灵气包围住。和她待了不过短短几分钟，空气中的灵力像是潮水涌来，渗透他的身体，一点一滴灌溉进枯竭的丹田里，汇成一汪泉水。

"我有点急事，要先走了。下次再约你和郁冉出来吃饭。"他注意到得意扬扬的骆金刚，加了一句，"别带上其他东西。"

"鸟还不想跟你待在一起！"骆金刚气势很足。

讲真，有时候，幼稚起来，多少岁的男生都是幼儿园小朋友。

临出门，辛祁转身问了这么一个风马牛不相及的问题："你说你很不喜欢狗的吧？"

向妍怕狗这件事情，她身边的朋友都知道。所以辛祁特别强调出来，让她有些摸不着头脑。她一头雾水，迟疑地回答："是啊，你知道的，我怕狗。怎么？"

得到了回答，辛祁很满意。他郑重其事地说："那你要记住，你不喜欢狗。"

感觉今天辛祁有点怪怪的，向妍不明所以，点点头。

"好啦，那再见。"

"路上小心。"

被无视的骆金刚很生气，可是它单枪匹马又打不过辛祁。

骆川王，你赶紧回来找这只阻碍你恋情的狐狸约下架吧。

03

正在一处偏僻小山村的骆一舟，并不知道骆金刚在心里全力呼唤他。

月上树梢，村里的人都睡得早，连家养的大黄狗都蜷在大门口轻了呼吸。除了树林田野间的虫鸣蛙叫，似乎整个世界都陷入了沉睡。

骆一舟躺在平缓的小山丘上，双手枕在脑后，半合着眼看天空中疏阔的星子，耳机里是钟离在表功。

"那只小狐狸回来了，我分了他去加强护山大阵的任务，基本上他这一周都别想好了。

"那只小狐狸本来还想去许阿婆那里给你松松土的，但是被我武力镇压了。

"卧槽，骆一舟，我前期投资了这么多，帮你赚钱，帮你管人，还要勤勤恳恳帮你追女朋友。你不赶紧回来接手，把我放出去浪就太过分了。你小心我翻脸无情。"

骆一舟摸了摸耳朵："知道知道。你劳苦功高，功高盖世。"

"知道有屁用。你什么时候能追到女朋友？"这个问题不能含糊，关系到他什么时候能放飞自我。

骆一舟不理解钟离的心急："你急什么？"

"我不习惯办公室恋情，所以我不能找本山的。为了引进血统，我决定走出去，到时候去西方看看。"

……

"等着吧。"

骆一舟挂断电话，脑海里却浮现向妍的脸。

世间会有那么一个人存在，一颦一笑都美好，你甘愿为她化作指间柔。向妍就是骆一舟的软肋，他为她刀枪不入，也为她心软成泥。

不远处传来一阵虚浮无力的脚步声，他没有转头看，对来人说："晚上这里的瘴气会更重，对你的内伤不利，你最好赶紧回去休息。"

他身边的草坪被压出了一个座位，黄天师拄着拐杖，艰难地坐下来，伤口被牵扯到，发出一声闷哼。他自嘲地笑了笑："老了就不缺觉，现在这个点躺下去也睡不着。"

该说的他都说了，骆一舟悄无声息地在周围布置了一个保护结界，就随便黄天师怎么折腾自己了。

"听说你谈恋爱了。"

"没有，不过快了。"

"对方是人类女孩？"

"嗯。"

黄天师顿了顿："在想她吗？"

骆一舟往旁边一瞥："问这么多干什么？"

对方长叹一声："四下无人，万籁俱寂，这种时候容易思念。"

骆一舟跷起二郎腿，难得八卦："你在想谁？"

"年纪大了就爱回忆往事。"黄天师笑容里有哀愁，沉默许久，他才开口，"我想我妻儿。"

基地的小年轻都有一副爱八卦的热心肠，虽然骆一舟在基地时间不长，但也从来没听人说起过黄天师的妻儿，直觉告诉他，这问题不该继续下去。

但是没等他追问，黄天师继续道："四十年前，我家也住在这样子的一个小山村。我救了一个人，后来……他却杀了我全家。"

他混浊的双眼泛起一层水光："所以我半路出家走上了修真道，从此和妖魔不死不休。"

算起来是"妖魔"中的一分子的骆一舟，不知道说什么才好。也或许，黄天师只是在这个适合伤感的深夜里，缅怀亲人罢了。

收拾好情绪，仿佛刚才泄露一点点软弱的并不是他自己一样，黄天师望着骆一舟："这些天多谢你，以前的事情对不起。"

他没有像越兮吾，处处挤对，只是从来对组织内的妖类视而不见，拒绝跟他们一起出任务。他曾经愤世嫉俗，固守着"非我族类，其心必异"的古训，偏执地仇视所有妖界生物。后来才幡然醒悟，他迟迟不能对家破人亡的仇恨释怀，所以有了心魔，连带的小徒弟都被自己带偏。

"其实我不在乎。"骆一舟回头，没有记恨过，谈何原谅不原谅。

"千百种人有千百种苦，我不同情，也不关心。别人的生活对我没影响，别人怎么对我，都不关我的事。"

除了向妍。

她是他情绪的蝴蝶效应，在千里之外扇动一下翅膀，就能在他心底掀起一阵狂风巨浪。

他的心事被人老多智的黄天师捕捉到，说："世上还有一人值得你为她牵肠挂肚，这就是幸福了。"

曾经，他也是。

穿过山林的风呼啸而至，黄天师紧了紧衣服。大概是老了爱操心，黄天师想到他们之间的寿命差，不禁又问道："可她是人类，百年之后你又要怎么办？"

这种可能性，骆一舟不想拿来假设，他面容一肃："你怎么知道，说不定她不止百年寿命。"

"你是要……"

是了，只有那一种方法，可以共享年岁。但一般很少有妖愿意与别人分享寿命，因为那是要同生共死。他放着坦途大道不走，偏要屹立在悬崖边上。

但是……

"你又怎么知道她愿意长生？"

等到时光留不住她的亲人、朋友，她又怎么面对接踵而至的一场场分别？

"她愿意生，我就和她一起生；她不愿意活，说不定哪天我就离开人世了。"骆一舟说得轻轻巧巧，像是吹过发梢的一缕风，地上迎风长的一株草。

他无牵无挂，来去自由，享无边寿命，凡尘俗世不过草芥，连天地规则也奈何不了他。遇见向妍之后，他生或死，再也不是自己能决定。

黄天师离开前留下一句："年轻人，保护好你要护着的那个人。"

按照骆一舟的种族年龄来说，快满千岁的他确实是年轻人没错。

他不纠结这个称呼，眼神里透露着自信："当然。"

向妍惜命，骆一舟便视她如生命。

月明星稀，薄雾笼罩，只有树影和他立在空旷的草地上。

骆一舟拿着信号只有一格的手机，对着天空聚焦。手机的像素不是很好，不能拍到星星点点的样子。他把唯一一颗倔强地出现在屏幕上的星星定格在画面里，仿佛是漆黑的绒布里，镶着一颗钻石。

他发送给向妍："有一颗星星要送给你。"

希望你收到照片的时候，能够抬头看一眼天空。而跟你在同一个天幕下，看同一片星夜的我，便觉得你在我身畔。

Chapter 10

"你的眼睛闪闪发光，我知道，你是
喜欢我的。"

01

早上，骆金刚隔着一道门，在外面吼得声嘶力竭。

它这两天在家重温童年经典《西游记》，被里面从唐三藏到白龙马再到各单元出场的妖精深深吸引。兴致高的时候，它冷不丁会喊上一句"大师兄，师父被妖怪抓走了"，或者是"呔，妖精，还我师父来"……

比如现在。

"向妍，我喊一声你的名字，你敢起床吗？！"

宁静的早晨被撕开一道缝隙，粗粝的声音从漏缝中盘旋而来，混着无数飞沙走石，刮进耳朵里，拼命地磋磨她的耳膜。

过了半晌，向妍趿拉着拖鞋，头昏脑涨地径直走到客厅的茶座前，蹲下来打开抽屉翻找里面的东西。

"你在找什么？"骆金刚安静不下来，一会儿在茶几上来回走动，一会儿扑棱翅膀飞在半空中。在做了这么多无用功还是没有吸引到向妍注意后，它终于开口问出声。

"感冒药。"向妍吸了吸鼻子，"昨晚忘记关窗，冻感冒了。"

鸟生中没有感冒一说的骆金刚无法感同身受，但它特别兴奋地问："难受吗？要不要我帮你请病假？"

专心找药的向妍没有发现骆金刚的激动，她摇头："不严重，我吃点药就好。今天不能请假。"

舞团最近为了扩大影响力，每周都要录制一段舞蹈，一来拿去舞蹈学校做教材，二来是放在网络上面替舞团增加人气。明天轮到向妍和另外一个男伴录制一段双人舞。今天是两人排练托举、倒踢和空中变换动作这一些高难度动作最后的时间。

"哦。"骆金刚失望得连头上那撮毛都萎蔫了，"那你加油，早点排练完。"

它还是瞒着骆川王今天可以回来的消息，到时候再给向妍一个惊喜吧。

下午，西南部的和谐小村落从正午时分就被一大群邪魔围攻。更糟糕的是，原本在这个时候应该最为单薄的瘴气忽然变得浓重，除了骆一舟和十几位一起执行任务的妖类同人，其他人都被瘴气影响得发挥不了修为。

骆一舟早在发觉黄天师一众无法动用灵力的时候，就已经传信给钟离，让他抓住这个出门放风的机会。

此刻，他和其他还在坚守着的妖分开站成一个圈，圈内是暂无自保之力的修真者和已经昏迷的村民，圈外是前赴后继的邪魔。

骆一舟气得火冒三丈，本打算完成这次的支援任务后，他带着其他人一起坐下午一点的飞机回帝都，快的话，说不准还能去接向妍下班。

可是现在，僵持不下的局面让他原本预设完美的计划全盘取消。

挡人恋爱者，不共戴天。

于是，被耽误了追女友大事的骆一舟手下的动作越发凌厉起来。

他的周围留出了一片空地，手握银白长枪，和这次带队进攻的妖邪头目率先交上手。

其余十几人，看骆一舟这么拼命，也都拿出了看家本领，以一挡多，努力牵扯住更多的火力。

"前两天你们偷袭深山里的那个部落，我理解，你们是想要那株刚出世的天材地宝。但如今再三进攻这座小山村，到底是为了什么？"

找不出原因，不如趁着双方纠缠厮杀的时候问个明白。骆一舟的算盘打得精，但对方抿紧嘴，专心战事。

"好吧。换个问题，你们在全国四处放火，是想要干什么？"

对方依旧是没说话。

"混黑社会的都酷成你这样子吗？"

这次，对方终于开了口："我们这一行的金科玉律，反派死于话多，所以能不开口就不开口。"

"是吗？可不管你的话多不多，既然来了，就别想再走了。"

骆一舟长枪一挥，抵住了对面的攻势，心口倏地一阵悸动。他脸色一白，想到向妍，翻身一个飞旋，移到几步之外。无奈眼前发黑，胸口发闷，他腿软得无力支撑，单膝跪地。地上的黑影显示着对方准备手起刀落，他避无可避，只等着赌上自身经脉，准备最后一搏。

所幸，救兵及时赶到。

"天啊，谁把我家大王欺负成这样？"钟离带着辛祁和手下驰援千里，甫一赶到，就注意到看似任人宰割的骆一舟，大惊失色。

骆一舟发的短讯是让钟离来救命，却没说是救谁的命。

钟离凌空飞踢，把趁骆一舟无力反抗准备杀了他的邪魔逼退，辛祁啧啧摇头，就接过和扛把子打架的位置。

平日里炊烟四起的小村庄已成为黄沙满天飞的战场，钟离扶骆一舟起身，问："你怎么样？"

他的手被死死扣住，他发现骆一舟在颤抖。

他听到骆一舟的声音低沉，带着暴风雨前的宁静，说："走，带我回帝都，向妍出事了。"

仿佛，有一场摧枯拉朽的风暴，即将来袭。

02

舞团休息室。

向妍颤着手，缓慢地分几口，把热水喝完。暖流从喉咙经过食道辗转到胃里，迅速蔓延至全身。她最后那么一丁点的后怕，被淹没在水流里。

几分钟之前，她的舞伴在做托举动作的过程中走了神，和她在空中旋转完后的动作衔接不上，让向妍从两米不到的地方摔到地板上。

团长放了她半天假，让她自己去找理疗师推拿。因为她的左手伤到了筋脉，暂时有点使不上力。

艳阳高照的午后，向妍打着伞，低头跟今天请假的郁冉发微信，说自己因祸得福，多了半天假的消息。

去理疗师工作室的路上，要经过一个花园。今天是工作日，花园里的人较之以往少了不少。没有带着桌布来野餐的人，也没有拿着玩具来回奔跑的孩子，和在他们身后不远处一直跟着的家长。她生出一种现在这个花园被她承包下来了的错觉，哪怕是一秒钟。

枝繁叶茂的树丛，将阳光挡在绿荫之外。地上倒映着斑驳的小圆点，向妍哼着歌，嗅着清冽的草木香。她步伐轻快，再次觉得自己正在独享这座花园。

身后有脚步声传来，她起先没有在意，但经过一两分钟，她不知道多久，却觉得很漫长的一段时间，脚步声依旧不紧不慢地跟在身后。

她开始觉得这声音有点瘆人，裸露在空气中的手臂悄悄地战栗。她不敢回头看，却暗自祈祷，所有的恐惧都是她想得太多了。

但是，心里的防备逐渐加重，以往在社会新闻频道上看到的那些骇人听闻的事件，全都清晰地浮现在眼前。更何况，前几天刚听说的连环杀人案，还在公众的讨论中。

她撑低伞，挡住后面接近化为实质的目光，在视野里搜寻能够给她勇气的陌生人，无论是谁都可以。

可惜没有。

四周静悄悄的，向妍不由得加快脚步，希望赶紧走出花园，到人流比较多的街道上。

身后的脚步不依不饶，烈日依旧，但她恍惚中以为自己置身冰窖，可是脉搏却跳得强烈，耳膜仿佛被砰砰砰地击打，心跳加速，仿佛要从嗓子口蹦出来。

身后的人离她越来越近，向妍全身血液逆行，她扔下伞，飞快地向前跑，尾随她的人也跟着跑了起来。

她不管不顾地开始大喊救命："救命啊，有没有人，救命！"

嗓子发涩，除了"救命"两个字，她再也说不出其他。

有那么一瞬，她想喊"骆一舟"，可是这个名字，她一想起来，眼泪就夺眶而出。

终于，她的后脑勺被猛敲了一棍，她残存的意识逐渐涣散。

是那个连环杀手吧……

我好像不能再见你一面了呢，骆一舟。

我才知道，这一刻，我是如此想念你。

03

向妍原以为她不会有醒过来的机会。

事实证明，她是幸运的。

意识开始恢复，她无力地睁开双眼，也许是因为不敢保证睁眼后看到的是什么。

耳畔熟悉的声音，一声一声地叫着她的名字。向妍无法确定这是真实存在，还是她太想念而臆想出来的。但是那语气太过恳切，里面饱含的情愫让她瞬间流泪。

"你醒过来了，对不对？"骆一舟伸出手，拭去她滑落脸颊的泪水，"对不起对不起对不起……"

两片柔软温热的唇瓣贴在她的额头上，他轻声说："我回来了，我就在你身边守着你。妍妍，对不起。"

眼泪流得越发汹涌，她紧闭着双眼，嘴里因克制不住发出几声啜泣，有些尖厉有些压抑，仿佛那时候无法宣泄出来的恐惧，要决堤而泄。

可明知道他在自责，向妍不想把情绪发泄出来，让他加重心理负担。

但是，真的很害怕、很委屈，很想扑到他怀里哭一场。

骆一舟红着眼，发怔地紧盯着向妍脸上的一寸一缕。

他感谢命运，还能让他看到向妍鲜活的样子，也厌恶它让向妍经历惶恐与绝望。

泪水打湿了一张又一张纸巾，骆一舟不厌其烦地擦掉泪水，嘴里一直重复："抱歉，妍妍，我来晚了。抱歉。"

他把错误全都揽在自己身上，自大地以为安排了人手在她身边保护，就安全无虞。他居然，拿向妍的安危，下了这么大的赌注！

骆一舟无法原谅自己，在看到向妍害怕，小心翼翼地宣泄情绪的时候，更加自责得想杀了自己。

他自诩天地间没有事情能难住他，此时却除了说抱歉，再也做不了其他事情。

向妍的情绪趋于平静，她听着骆一舟再三说抱歉，慢慢睁开眼睛。她张开手，像寻求安全感的幼崽，等待能让她放心的怀抱："骆一舟，抱歉不管用，你还不如来抱抱我。"

我确实在怪你。

你是让我下一秒就要离开人世，还念念不忘的那个人。

那一刻我后悔的是，我没有告诉你，我有多喜欢你。

所以，我在怪你，为什么不一如既往的主动些？

单人病房里，除了抽泣声之外，都是安静的。

向妍被骆一舟紧紧地抱在怀里，力气大得仿佛要把她揉进身体里。她有点呼吸不过来，准备让他松开点，可她感觉到了自己后背的几点湿润。

骆一舟，哭了。

她的手轻轻落下，对掉眼泪的他做了让步。

算了，反正又抱不死人。

"感谢命运。"

"是啊，感谢命运。"

我有过患得患失，因为你不是展示架上的商品、墙壁上贴着的奖状、游戏通关后的奖励、藏宝图上的最终目的，金钱和努力都无法让我拥有你。

但我无比感谢命运，我们之间的缘分，足以让我占有你。

04

药效的作用，使得向妍在情绪稳定后，又昏昏沉沉睡过去。确认她无事，骆一舟才有工夫去追究这次袭击的来龙去脉。

他给房间设了一个保护屏障，去了这个单人病房套间的会客室。

钟离看他出来，眼疾手快地送上一杯味道难喝，但对恢复灵力非常管用的青汁。

"能不喝吗？"

"除非你想我把你打晕扛走闭死关。"

骆一舟无奈地接过，闭着眼一口气喝光。

他怕赶不及，便和钟离不断地进行短距离瞬移，才以最快速度赶到帝都。到达医院，看到病房里，沉睡在病床上，呼吸浅到仿佛下一秒就听不见的向妍，他一路吊着的那口气散出去，血气逆行，呕出一口血。

灵力枯竭被反噬都不算什么，只要她还尚存人间。

"你就要千岁了，到时候还得接受最后一道血脉传承，才真正成年。这个关头不容出错。"钟离坚持要让他们一族的妖王没有任何瑕疵。

现在的骆一舟很好说话。

跪在一旁自愿领罚的郁冉默不作声，她面上的神色自向妍遇袭就再也没有明朗过。

骆一舟垂眸，声线冷清："起来吧。"

地上的人不为所动。

骆一舟说："我也没有保护好她，我是不是也要跪着受罚？"

郁冉抬头，希望从他脸上看出些什么。

房间里陷入僵持的沉默。

钟离上前把郁冉扶起："起来吧，该收拾的人还没收拾，你着什么急。"

这次的袭击透露着古怪。

留守在帝都的郁冉，和其他人一样，密切关注着连环杀手的线索。在向妍被袭击的那天，她突然找出了一点点踪迹。

往日里，案件向来发生在晚上，而向妍白天会在练习室排练舞蹈。况且，她以为，有她跟着凶手，就再也没有另外一个杀手对向妍产生威胁。

所以郁冉请了假，想一劳永逸地解决掉在帝都迟迟都没有引爆的这颗炸弹。

从骆一舟被支使离京，调离到西南地区的小镇；到郁冉被诱骗，离开向妍身边；再到舞团搭档出错，向妍去找理疗师……

仿佛有一只手隐藏在迷雾后，把这一连串看似不相关的事情，系在一条线上。

听完事情的来龙去脉，钟离双手抱胸，分析说："既然不知道是谁在操纵，那我们先来想，为什么要选中向妍？"

是因为她的体质特殊，还是……因为骆一舟？

钟离担忧地望向坐在沙发上紧抿薄唇的骆一舟。

他的手指若有似无地敲在沙发扶手上，面容染上一丝荫翳，显然也想到了这两种可能性。

"调查的过程太顺利，我发觉事情不对，立马赶回到向妍身边。"郁冉说。

她到达花园，看到的情景让她目眦欲裂。向妍昏倒在地上，失去生气。全身被黑布包裹的人正准备撕开她的胸膛。要不是郁冉及时赶到，他会按照一贯的做法，取出向妍的心脏。

郁冉回忆当时的情景："是一只猿妖，修为不高，但很警觉，一注意到我靠近，就立即想撤退。选中向妍说不好是有意还是随机。"想到这里，她有点懊悔，"我当时心急，一个没注意就把他杀死了。"

线索到这里又断了，房间里再次归于寂静。

"接下来，我会陪在她身边，保护她的。"

许久之后，骆一舟告诉他们，更像是在对自己说。

他以前就做错了事，以后更不会在把她放到别人的羽翼之下。

病房里传出一道轻微的声响，骆一舟急忙站起身，留下没有反应过来的两人面面相觑。

"他反应得也太快了吧？"

钟离耸肩，语气幽怨："谁让他心尖尖上的那个人不是我们呢。"

把聒噪的声音关在门后，骆一舟余光瞥见，原本已经坐起来的人飞快地躺下，把脸藏在被子里，露出一小截绯红的耳朵和细软的长发。

这是在干什么？被子里不会闷？

他直接上手去拉被子："醒了为什么要藏在被子里？"

因为不想让你知道我又掉眼泪了啊。这很丢人的。

醒来之后想喝水，意外听到骆一舟说的最后那句话，她的眼睛泛起一道水光。

这个世界那么危险，让死里逃生的向妍惶恐到不知道该怎么去信任它。

但只要有骆一舟在，她就还能继续相信世界是美好的。

向妍吸了吸鼻子，准备拿床头的纸巾擦擦眼泪，谁知道他这时候突然进来。

　　不久前才哭得委屈的向妍，自然不想再一次在人前掉眼泪。即使对象是骆一舟。

　　她使劲地拽着被角，趁机用被子擦掉眼泪，才顺势拉下被子。目光游移，就是不想对上骆一舟的视线。

　　"哭了？"

　　"没有。"

　　骆一舟笑："好，你说没有就没有。"

　　向妍咬着嘴唇："我可以出院了吗？"

　　本来就只是被敲了一棍，除了头还有点痛之外，她身体没有任何不适。

　　"还不行，医生说得留院察看两天。"骆一舟给她倒了一杯水，递给她的同时，用另外一只手帮她整理好凌乱的长发，"要遵医嘱哦，女朋友。"

　　他动作细腻、声音温柔，像是对待珍之又重的珍宝。

　　向妍被看得脸颊发烫，故意找碴："女朋友？我答应了吗？"

　　"你不喜欢我吗？"骆一舟逼近，嘴角压制不住往上翘，瞳孔里映着向妍，又问，"你喜欢我吗？"

"我……"比想象中更喜欢你。

他突然笑了起来，像幼时的孩童，笑容纯净明朗，眼角眉梢都是藏不住的欣喜："不，你别说，我都知道。"

"知道什么？"

"你喜欢我啊。"

喜欢这种东西，就算嘴巴不说，也会从眼睛里跑出来。

而你的眼睛闪闪发光，我知道，你是喜欢我的。

Chapter 11

——"要脸吗?"
——"我这么漂亮的脸当然要!"

01

帝都郊区,西山山顶,卧佛寺。

清晨,清脆的鸟鸣和潺潺的流水声相互交织,山涧中的晨雾还未消散,薄薄的水汽笼罩着每一个进山的人。像其他诚心向佛的人一样,骆一舟把车停在山脚下,跟着郁冉和向妍一步一级台阶地朝山顶上的卧佛寺走去。

前一天晚上,郁冉说近来运气不太好,要带向妍去庙里拜佛转运。

虽然向妍吐槽说有这个工夫还不如去多转发锦鲤，但是出门透透气，也是好的。于是就有了今天的清晨爬山拜佛活动。

不过就是多出了计划外的一人一鸟罢了。

走在向妍右手边的郁冉四处观望，冲着她一脸甜蜜的好朋友挤眉弄眼："哟，热恋期哦，半步都不离左右。"

前面有蹦跶在半空中开路的骆金刚，骆一舟在后面不紧不慢地跟着。放在妖界，向妍出门的阵容传出去能吓死一山的妖怪。

向妍用指尖把碎发拨到一边，听着身后的脚步，嘚瑟地抬着下巴："不服哦？不秀恩爱怎么对得起我辛辛苦苦脱单？"

郁冉"啧"了一声，为好朋友的厚脸皮感到羞愧："你像只见风就缩的蜗牛，哪里辛苦脱单了？"

"我那么努力地发光发热，成为吸引别人的小仙女，不是很辛苦吗？"向妍趾高气扬，"以后我登上人生巅峰，获奖感言第一句就要说，感谢我一直这么努力地优秀着。"

"要脸吗？"

"我这么漂亮的脸当然要！"

她得意地对郁冉一左一右转着头，向她展示自己的脸。扎在脑后的利落马尾也跟着用很活泼的节奏在空中画了一道半圆。

骆一舟嘴角含着笑，看着她和朋友嬉笑打闹。

松木的清香，阳光穿过枝丫投下来的光斑，山顶传来威严的诵经声，她在可以伸手可触的前方言笑晏晏，这是骆一舟生命中无数个日子里最普通不过的一个早上，却因为有她的参与，感官被无限放大而显得漫长。

他啊，对向妍的喜欢犹如流水一般的日子，只增不减。

进了寺庙门口，广场中心矗立着一座两米高的焚烧炉。香烛和符纸燃烧后的滚滚浓烟带着焚化完的灰尘，争先恐后地从焚烧口逃脱，弥漫在寺庙入口，灼灼的热气扑向周围的每一个人。

郁冉没承想她想象中清幽的佛刹古寺居然是这个样子，一脸失望："啧，我对千年古寺的好印象，毁于正门焚烧炉。这乌烟瘴气的，难怪帝都雾霾这么严重。"

她没注意音量，也没留意到这样子的言论让周遭虔诚的香客们很不喜欢，继续说："算了，我就不进去了，还不如站在外面眺望丛山，边呼吸新鲜空气，边等你们。"

俨然忘记此行的提议是来自自己。

陪许阿婆辗转过家乡各大寺庙的向妍很淡定，和骆一舟一起随便选了左边的一个分岔口。

迈开脚步之前，向妍扯了扯他的衣角，严肃地说："你等下收敛点，我们得诚心。"

骆一舟不明所以。

"就是，你现在这副观光客的样子，稍微收一收。我是真的想要来转运的。"

知道这么一本正经地说自己是来认真求佛的向妍有多可爱吗？

骆一舟宠溺地点头保证："我一定不给你拖后腿，好吧？"

于是，两人走过长长的甬道，穿过一道拱门，四大怒目金刚威武庄严地分站两侧，再往前是护持正法、永驻人间的十八位阿罗汉，向妍的手被骆一舟握着，星眸低垂，神色内敛，心怀敬畏地走过。

直到，站在头戴宝冠、身披天衣的观世音佛像前，她从骆一舟的手里抽出手，跪在蒲团上，双手合十，低头用眉心轻触指尖。

看着他的女孩虔诚地闭眼祈祷，然后双手摊开，手掌朝上，身体渐渐前倾，最后额头触地。在一旁站得笔直的骆一舟不禁抬头，仔细观察无悲无喜的菩萨像，企图看出一丁点菩萨会对向妍关照一下的证据。

他想，如果你有灵，请求你，让她的愿望能够实现。

骆一舟缓缓躬身，单膝跪在地上。

在向妍完成她的一套拜佛仪式前，骆一舟早就重新站回原地。他下巴微抬，指着僧人手中的签筒，问："听说这座庙最灵验的是解签文，你要不要去试试？"

于是，向妍拿着骆一舟从僧人手里接过的签筒，再一次跪在佛像前。

说起来，向妍今天的运气不错。她摇到第四十九支签，拿着签文到偏殿的庙祝那儿兑签文的时候，庙祝说今天行衍大师还有一签未解，索性就让向妍去他那里解签。

所以说，这位行衍大师好像在这座庙里的地位还挺高。向妍在心底判断。

顺着庙祝的指引，两人又来到一座独门院落前。

这里修建得比别处更加雅致。雕栏画栋，曲径通幽，苍松翠柏，郁郁竹林，四周角落里自由生长着一些不知名的小花，显然是没经过打理，但看上去有另外一种野趣。就算是不为求佛，来这里赏景也是不错的选择。

院子里只有一间古朴的房子，房门虚掩着，里面有木鱼声平缓地响起。

正当向妍不知道是否要出声询问的时候，房门吱嘎被打开，出来一个小沙弥，念了一声佛号，双手合十地跟他们见礼。

"两位施主就是今天的有缘人吧，师父让我来迎你们进去。"

弄得神神道道的，向妍不能否认，她的好奇心被完全提起来了。

屋内的大师，看上去不过是不惑之年，也许因为长年清修，真实年龄还得往上数，向妍不得而知。

看到他们进来坐下，大师停止敲木鱼的动作，目光从骆一舟移到向妍，然后问她："这位施主，你想求什么签？"

向妍没有想好，这个问题被骆一舟倨傲地抢答："自然是贵寺什么签灵验，就求什么签。"

大师无动于衷，仍然等着向妍的回复。

求签解签原本就不在她的计划之内，向妍也说不好要求什么，想着骆一舟的回答很有道理，索性就按照他说的办。

于是，大师接过签条，对向妍说："姻缘签第四十九支，是上上签。"

姻缘？姻缘签？

在向妍被震惊得说不出话来的时候，行衍大师已经念出了签文："天安姻缘不偶然，相逢相合好团圆，他族异域也相恋，偕老夫妻到百年。"

签文掷地有声，向妍听得面红耳赤，害羞得无法直视身边的骆一舟。特别是在骆一舟还低下头，在她耳边轻声说："这签说得全对。"

浑浑噩噩地接过行衍大师用正楷字体在宣纸上写下的签语，向妍落荒而逃，顾不得骆一舟在身后的轻笑声。

等她跑出了几步远，骆一舟对坐在原地装得一脸高深莫测的行衍，说："解签的事，谢了。"

"哼！"被逼着当了回月老的行衍臭着脸，不愿接受他晚节不保的事实，"上次的人情还完了，下回别想让我再帮你装神弄鬼的。"

"也没下次了。"

他族异域也相恋，偕老夫妻到百年。

他只是未雨绸缪，提前埋下伏笔罢了。

02

郁冉等在寺庙门口，无聊到和骆金刚在研究来往香客迈开一步的距离与腿长的关系，她在看到满脸春光的向妍后，心里警告自己不能多嘴问，否则又不知道该吃多少狗粮。

可是，人与妖都有的劣根性，让她忍不住地开了口："好像很少看到有人能像你一样，拜个佛都乐得像是中了五百万大奖似的。你在里面干吗了？"

向妍大而化小，摆摆手表示不值一提："不就是拜佛求签嘛。"

"求签？"忽然想到几分钟前听人说这里的姻缘签很准，郁冉惊呼，"不会是问姻缘吧？呵，你们这对让我很看不懂啊。都已经凑一对了，还用得着问姻缘？"

她瞬间来了精神："签文呢？我看看，能让你这么红光满面的，一定是个上上签吧。"

她说风就是雨，没等向妍答应或者拒绝，就直接伸手自己拿。

向妍措手不及，签就被她从手里夺走了。

往旁边避开几步，郁冉一眼扫过去就看完了全部，瞬间明白骆一舟的良苦用心。她不在第三句上多费工夫，只能把重点放在最后一句话上。

"哟呵，偕老夫妻到百年，看样子你们这辈子是分不开了。"

向妍还不知道，郁冉的话已经给她后几十年的人生一锤定音了。她只清楚，现在想到如果能和骆一舟白头偕老，就满心的憧憬和喜悦。

就像是心里装了台爆米花机，它开始咕噜咕噜地运转，当听到签文，猜想以后的每一天都要与骆一舟分享的时候，她的世界"嘭"的一声炸开，然后满满的都是甜甜香香的爆米花了。

郁冉看到从寺庙里出来的骆一舟，故意大声问："你们是不是可以把见家长这回事提上日程了啊？毕竟许阿婆很期待你能找一个男朋友。"

算起来也是成功撮合他们的许阿婆，看到他们在一起应该会很开心吧。

向妍想了想，点头同意："等下次我回家，看他有没有时间一起回去吧。"

听到这里的骆一舟，急忙表态："我随时都可以跟你去看阿婆的。"

只是，意外到底是比明天先来。

向妍没想到，他们会在这种情况下，一起走到许阿婆的面前。

几天后的下午，骆一舟在基地接到向妍的电话，电话那端，她哭得泣不成声。

"骆……骆一舟。"

骆一舟在这一刻似乎被紧紧地揪着心脏，理智那根弦在听见她的哭腔时就已断裂："怎么了？发生什么事？"

"我外婆住院了。她现在昏迷了，她……好像是跟人吵起来，被推了一把，然后就昏过去了。"她一度哽咽，说得断断续续，没有逻辑，"我要回去，你陪我回去看看她吧。"

她怕人生再给她让她更加措手不及的重击，她怕去面对这种一想到就觉得世界已经到末日的问题，于是已经慌乱得不知如何是好的她只能想到要找骆一舟。

"好，你先等等，我马上过来带你回去。"

骆一舟带向妍匆匆赶回 A 市的市立医院，许阿婆还躺在重症监护室里没有醒过来。候在外面的钟离，跟骆一舟交代了他了解到的事实。

龙湾镇的新任领导班子野心不小，准备搞出点政绩好往上走，他们做的第一件事情，就是招商引资。于是来接洽的房地产开发商，看中了山上的几块地皮，其中一块恰好是向妍家所有，上面是外公家的先祖坟地。

许阿婆和镇上许多年长的老人一样，都不答应迁祖坟卖地皮。开发商也不知道为什么，非得说这里的地质好，适合以后埋燃气管道，所以坚持不换地方。

双方公开地坐下来，商谈了好几次，每次都不欢而散。

而最后一次，因为许阿婆不愿意在合同上签字，开发商团队里的某位职员和许阿婆发生口角，把许阿婆推倒在地。上了年纪的老人家，身子骨脆弱，经不住这一推，后脑勺磕在地上，昏过去再也没有醒过来。

　　向妍隔着玻璃窗，呆望着躺在病床上的外婆。

　　在她眼中，外婆是一个健康的小老太太，而现在，外婆却安安静静地躺在监护室里，不会再跟她笑着回忆往事，来回忙碌给每次回家的她做饭。

　　外婆从来没告诉她，最近家里发生了这么多事情。可能是被这些烦心事拖得没心情，外婆已经有一段时间没有染头发，现在她的两鬓被重新长出来的白发占领，显得整个人比以往憔悴了很多。

　　走廊上响起一阵脚步声，主治医生站在向妍面前，问她："你是病人家属吗？"

　　向妍视线不离许阿婆，点头。

　　"那麻烦你先签一下病危通知单。病人现在的情况很危险，老人家年纪大了，加之后脑着地，引发了脑出血……"

　　向妍盯着医生的嘴巴一张一合，然而从他嘴里说出来的每一个字眼都无法到达她的耳朵里。她死死地咬住嘴唇，不让半分啜泣声流泻出去，本来哭得干涸的眼睛，又开始往外淌眼泪。

　　骆一舟叹了口气，心疼地把她揽进怀里。向妍双手环过他的腰，紧紧地抱住他，仿佛抱住了最后一根浮木。想到生死未知的外婆，她把自己埋在骆一舟怀里，她呜咽了两声，声音干哑难听。骆一舟理好她散落在肩膀的长发，轻轻地在她头顶落下一个怜惜的亲吻，小声安慰说："别怕，会没事的。"

拼命维持的倔强裂开一道缝，向妍再也顾不得什么，放声大哭，似乎要把所有快要溺毙她的悲伤全部倾倒出来。

骆一舟看在眼里，心底暗自做出一个决定。

医生被她哭得有些局促，他重新解释了一遍："我们这只是在做最坏的打算，事情并不一定会走到这一步。"

然而向妍听不进去。

骆一舟问医生："我是病人的孙女婿，我能在上面签字吗？"

医生点头，这才拿到了家属签过字的病危通知单。

03

是夜，不吃不喝不睡的向妍，被骆一舟用一个小法术强制性陷入了睡眠中。

重症监护室外的走廊空空荡荡，穿堂风呼啸而过，头顶上的白炽灯惨淡地照着，在这个夜晚有点阴森。

骆一舟身形一动，下一秒就出现在监护病床旁。他伸出手，放在许阿婆的额头上，运转体内的灵源，探测许阿婆的生命力。

半晌，他收回灵源，检测结果让他眉头紧锁。许阿婆的情况比他想象的更为糟糕。脑部出血，后脑勺有大块阴影，压迫着神经。按理说，她的寿命不出三天。

窗外的月光，透过窗户，照在病床前。

他深吸一口气，传音给钟离说："看来你要给我搜寻尽可能多的恢复修为，甚至是修复根基的药了。"

钟离被他的传音吓得从床上蹦起来，连发了好几条传音："卧槽，你要做什么傻事？"

"你还要不要活了？马上就要成年，你要是拖着一具破身体去承接最后一道传承，你会扛不住的！"

"老子养了你这么大，这条命除了你父母给的，剩下的全是我的。你敢对自己作死，就不要问我要什么药！"

骆一舟笑说："就当我在作死吧。"

随后，任钟离说得再多，也不回复了。

他也好奇，逆天改命的代价有多大。

画出一道圈，把游离在医院里的魑魅魍魉都隔绝在外。骆一舟咬破左手食指，运功逼出十滴心头血，喂许阿婆喝下去。

接着，他把手重新覆在许阿婆额头上，考虑到她身体虚弱，骆一舟调动全身灵力，细分成无数条细微的支流，让它们融入许阿婆的体内。

等到与她连接的仪器数据都好转，骆一舟才停止给许阿婆续命。

"所以，钟离太小瞧我了，我不是还好好的嘛。"骆一舟轻声说，但是他的样子显然并不是他说的那样看上去好好的。

他脚步虚浮，满头冷汗，苍白着一张脸，连嘴唇都失去血色，可能在他将近一千年的妖生里，从来没有这么虚弱过。

外面的夜空里忽然打了一个巨大的响雷，骆一舟用最后一丝力气，把自己瞬移到此时住院部静寂无人的小花园里。

骆一舟毫无形象地瘫在放在小花园入口处的巨石块上面。

天道很公平，有人加寿命，有人损修为。但是这次，许阿婆命里注定活不过这两天，而骆一舟给她续命就是和天道作对，一饮一啄，他自然要受到天道的惩罚。

但是，也太公平了吧！

谁能想到，帮人改命，就要遭受九重天雷。

骆一舟靠着自己强悍的体质，硬生生扛过了前三道天雷，皮开肉绽的他拿出了钟离在平日里塞给他的一堆乱七八糟的药，看都没看是什么就一股脑塞进嘴里。

　　第六道天罚开始，全身没一处是完整皮肉的他拿出了本命武器，将大部分的雷电之力吸收到武器里。

　　意识到银枪也快要支撑不住的时候，骆一舟把本命武器收起来，又将灵力分散到自己身上的每一处边边角角。他只能寄希望于麒麟一族是瑞兽，天罚可以网开一面，给他留点奄奄一息的生机。

　　天空被蛛丝网般的闪电映照成黑紫色，雷声轰轰作响，这种声音对等待最后一道雷罚劈下来的骆一舟来说，无疑是最煎熬的折磨。

　　最终，如同不断加温的开水足够沸腾，雷罚也吸收完毕能量，带着劈开九重天的气势，降在巨石上，石头瞬间被炸得四分五裂。

　　浓雾散去，原本放着一块巨石的地方，正趴着一只奄奄一息的小狼狗。

　　其实也说不上是小狼狗，它有幼年老虎一般大小，浅金色的毛发，但现在它身上没有一块完好的地方，也就看不出好不好看。

　　它的全身覆盖着一层金色的光球，随后，光球逐渐暗淡，直至融进夜色里。

　　天色已经蒙蒙亮，顺着闪电的方向，匆忙赶到的钟离还是慢了一步。

　　他来回在小花园里寻找骆一舟的下落，结果一无所获。

这是因为麒麟一族生命垂危之时，为了保护自己会自动出现一层隔绝别人找到踪迹的防护罩，避免别人乘人之危。

小花园里慢慢出现来来往往的身影，钟离暗自焦急，继续传音给骆一舟，寄希望于他可以听到。

向妍一大早就醒过来，跑到门诊楼去拿外婆的检验结果，以便医生查房的时候可以参考。拿到资料袋途经小花园，她的余光中出现一坨血迹斑斑的金黄色物体，她吓了一大跳，急匆匆的脚步停了下来。

环顾周遭，没有一个人注意到这里的不寻常。她迟疑着脚步，看到那坨金黄色物体因为呼吸的关系，身体还在有节奏的蠕动，最终还是上前几步，蹲下身。

这是一只似曾相识的小狗。

尽管不愿意回想起来，但她承认，眼前这只小狗让她轻而易举就能联想到她小时候收养过的小黄。当年小黄咬了她一下后不告而别，也许会被当作是流浪狗，活得像现在这只狗一样凄惨。

虽然曾经被狗伤害过，但也不能十年都怕一条井绳。

向妍将它抱起来，在询问到离医院最近的宠物诊所后，步履匆匆地向外跑去。

她不会看到，从她身上挥散出来的灵力，在空中汇聚成一条细流，慢慢地渡到小狗身上。

隐藏在暗处的钟离见状，总算放下心来。

与骆一舟定下本命契约的向妍，才能破解骆一舟的防护结界。而身为聚灵体的她，能够将天地间的灵气转化为最精纯的灵力，流转到骆一舟身上。

由此，他的伤势就不需要人担心了。

虚惊一场的钟离随手抹去脑门上的冷汗："妖性本自私，我也不是个助人为乐的人，可为什么我养大的骆一舟就偏偏能舍己为人，做了好事还不留名呢？"

在向妍怀里早已远去的小狼狗，有气无力地睁开眼，随后又陷入昏睡。

Chapter 12

"长成那样的狗啊，都是不负责任的
狗中渣男！"

01

许阿婆在当天晚上恢复了意识，大脑里压着神经的血块在减小，各项检测结果都在表明，她可以从重症监护室搬到普通病房了，痊愈速度之快，堪称奇迹，在医院里引起不小的轰动。

钟离双手插兜，靠在病房过道的墙壁上，看向妍笑容满面，跟来看望"抗击病魔优秀战士"许阿婆的医生们表达真诚的谢意。

他再看向病房里坐在许阿婆床尾，无人问津所以负责安静如鸡的真救命恩人骆一舟，心里涌起了一股不服气的心酸。

他家骆川王逆天改命，把自己的小命都快搭进去了，结果功劳全被别人拿走了，气不气人！舍去十滴心头血，兽形被九重天雷劈得连钟离都快认不出了，现在还强行回归人身，来医院守着向妍，但却被人冷落在旁，气不气人！

要不是待在向妍身边，灵力运转可以帮助恢复伤势。钟离说什么都得把这个助人为乐、无私奉献的热心少年软禁起来。

说起来，养了那么久的年轻妖王品德高尚，气呼呼的钟离只能哀悼他的教育失败，除了尽职尽责在骆一舟虚弱期保护他之外，对他各种嫌弃，直接抬头注视天花板，来个眼不看心不烦。

向妍翻来覆去地将毫无新意的谢辞说了无数遍，才把所有的医生都送走。她揉了揉笑僵掉的脸，心里因为外婆的病情好转，并没有半点不耐烦。

她哼着歌，踏着节奏回病房，路过情绪愤懑的钟离身边，还诧异地看了他一眼。

坐在骆一舟对面的小椅子上，向妍缩着脑袋，利用骆一舟的身躯挡着钟离看过来的目光，她轻声问："钟离今天怎么了？感觉整个人都要烧着了一样？"

骆一舟侧目，知道他情绪不对的原因，眼里的笑意逐渐浓厚："可能是他没找到外婆好转的原因，对自己的医术有些失望吧。"

耳朵尖到刚好能听见骆一舟编排他的钟离，冷哼一声："傻子。"

新仇添旧恨，骆一舟诋毁他医术的仇又被记下了。

市立医院的住院部为了让病人更好地休养，病房里面没有电视也没有 Wi-Fi。许阿婆睡得沉稳，向妍和骆一舟坐在病房里，头并头地靠天南地北的聊天打发时间。

"听说你今早救了一只小狼狗？"

听他提起这个，向妍脸上的笑容逐渐消失。

"长成那样的狗啊，都是不负责任的狗中渣男！"

她义愤填膺的定义，让骆一舟呛了口气，慌乱地咳起来："为什么？"

早上，向妍用百米冲刺的速度，跑到离医院最近的宠物小诊所，用手机支付了一笔押金之后，才转身回到医院。外婆这边的情况也不容她多耽搁。

等到医生确定许阿婆的情况竟然奇迹般好转，并很快能苏醒后，向妍放心地准备回到宠物诊所，看望那只小狗。

毕竟早上因为时间太匆忙，来不及拍下它的照片，确认是不是谁家的狗走失了。

她赶到宠物诊所，却被告知那只小狗不见了的消息。

所以才有了她刚才的盖棺定论。

其实是被钟离从宠物诊所抱走的骆一舟，心虚地摸摸鼻梁，替自己小声辩解："说不定是有什么迫不得已离开的理由。"

"还能有什么不得已的理由。"向妍有点委屈，"像我小时候，还被咬。现在不计前嫌，想再靠近，结果又被伤害了。"

听起来，骆一舟觉得自己罪孽深重。

他飞快地在向妍的嘴角边落下一个亲吻："奖励你的善心，怎么样？"

石化几秒钟的向妍，闭上嘴，缓缓地低头遮住嘴边化开的笑容："好啊。"

一直到月上中天，医院里只能允许一个人陪床照顾病人，骆一舟这才起身回去。出了医院，他身形不稳，一个趔趄，被暗中跟着他的钟离扶着。

"活该。许阿婆倒是痊愈得出人意料，你自己都快半残了。"钟离恨铁不成钢，"能不能先顾着自己，就算你死不了，能不能让自己活得好一点？"

听出钟离话里的担心，骆一舟难掩虚弱的脸上依旧扬起一抹笑。他说得有气无力："因为我知道你不会让我出事啊。"

从小父母飞升到另外一个位面，留下他一只幼崽委托给钟离照顾。族内的长老反对无果，隔三岔五来他们的山头视察骆一舟的生长状况。因为钟离，千年前还是妖界著名的一大浪子，一人吃饱全家不饿，他们不信他能照顾好一个幼崽。

如今千百年过去了，当初风流恣意的钟离，早已被骆一舟磨成了一个亦父亦友的居家好男人形象——细致入微，体贴可靠。

钟离翻了个白眼，嘴角却泄露了内心的波澜。

"少给我灌迷汤，赶紧回去养伤。"

02

病房是双人间，两个床位中间用一道蓝色的布帘隔出私密的小空间。

向妍侧躺在行军床上，枕着隔壁床飘过来的打呼声，借着窗外的月色，细细描绘许阿婆年岁沧桑的轮廓。她已经很久不曾这样仔细地端详过许阿婆。

人越亲密，越容易被忽视，连被岁月霜染的痕迹都无法轻易察觉。

许阿婆的脸上分布着很多皱纹，仿佛是一块干涸龟裂的土地。两颊消瘦得有点凹，眼睛下方泛起隐约可见的青影，脸上的肌肉因为水分流失显得松松垮垮皱巴巴的。

　　向妍深知外婆已经走到了人生的后半段路程，可她总是下意识地回避去猜想什么时候，外婆会跟她说永别。她还无法坦然面对生死别离这个问题，它太悲伤，连被想起的余地都不想留。

　　小时候她总想着长大，可以长到外婆那么高，接过养家的重担。而今，她才恍然顿悟，她走得太远，曾经想追赶上的外婆却一直留在原地。

　　遥远的记忆里，传来外婆温柔的声音，用家乡话唱着："月光光，光亮亮，读书囡儿望亲娘；娘也好，爹也好，担担麻糍请阿嫂……"

　　她的嘴张开闭合，无声地跟着唱起来。

　　眼前视线模糊，向妍看到年轻了二十岁的外婆背着她，走在龙湾镇的乡间小路上。她合上眼，泪水顺着眼角隐入发间。

　　伴随她长大的歌谣，像是在脑海里循环播放的催眠曲，向妍在医院里独有的消毒水气味中昏昏入睡。

　　梦中，她总觉得病房里中央空调的冷气开得充足，她如同置身冰窖，冷气从四面八方浸入血脉骨髓。

　　向妍蜷缩成一团，裹紧被子，她睡得不太安稳，意识浑浑噩噩，分作两个人，一个飘在高空中，一个陷入梦乡挣脱不了。

　　她看见自己回到小时候，那一幢家家户户的房子格局都是千篇一律的家属楼里。

窗外没有半点光亮，暗得好似天上所有星星都被抹掉光亮，整片天空被不透光的黑布覆盖。父母卧室里的昏黄灯光是这世界上引导着她的唯一一点光亮。

她看到如记忆里那般年轻的父母，正鲜活地站在她面前。向妍高兴地喊了一句"爸爸妈妈"，她忍不住伸出手想去抱抱她已经很多很多年未见的妈妈，但她的手穿过了妈妈的身体。

她愣在原地，悲伤地看着眼前的父母。

相隔几步远的爸爸在窗口吸完最后一口烟，朝向妍走来，她下意识地让步，却发现爸爸可以无障碍地从她面前穿过。

向妍感觉她是开心的，但心里却在流泪。

都说日思夜梦，可她那么想念离开她的父母，他们却从来没有在她梦里出现过。

可是人也是贪心的，以这样子的方式再见一次面，她却还想要更多，想要他们抱抱她亲亲她，跟她说说话……哪怕是再看一眼她都好。

虽然脸上没有感到湿漉，但她嗓子发涩，心里难受得想号啕大哭。

爸爸洗漱完，躺在床上，跟妈妈道了声"晚安"，然后关掉开关，卧室里的灯熄灭了。

黑夜中犹如藏着伺机而动的毒蛇，从脊椎尾端往上冒出的冷意，让她不禁牙齿打战，全身抑制不住地抖起来。

她站在床边，眼神悲切地注视着一呼一吸清浅规律的父母，然后，呼吸声渐渐消失在黑夜里。

卧室门被推开，她看见小时候的她跌跌撞撞跑进来，趴在父母身上哭喊着。

一切仿佛发生在昨日。

不，不一样。

心里那团一直燃烧的，足以支撑她走在现在的光圈，灭了。

天真的黑了。

你知道陷入泥潭，越挣扎越下沉的溺毙感吗？

空气中被抽离了氧气，她拼命呼吸，却仍不能给肺部提供氧气，渐渐地，她的心跳不动了。

想发泄、想爆炸、想撕裂眼前这一切的力气，再也没有了。

浓烟滚滚，一道身影横空出现在跟前，跌坐在地板上的她没有抬头。

他单膝着地，半跪半蹲，温柔有力的手掌环在她的后脑，他直起身，在她的额前轻轻落下一个吻。

"也许离开的人会变成一颗星星，也许不会，但是，他们总会以另外一种方式爱着我们。我会陪着你，这是不变的。"

有人曾经说过，你是那颗星星，我是你旁边的这颗星，我的整个轨迹受你影响。即使有一天这颗星星熄灭了，它变成了暗物质，它变成了看不见的东西，它依然在影响着，我的轨迹。你的出现，永远改变着，我的星轨，无论你在哪里。

所以，向妍，不要伤心，爱你的人，会一直存在你的生命里。

骆一舟的到来并不是偶然。

医院是一个迎生送死的轮回场所，徘徊在这里迟迟不愿意转世的灵魂数不胜数，自然阴气重，鬼神多。向妍这次是被其中之一的梦魇给缠住了。

梦魇以别人的梦境为食，是可以操纵梦境的魔怪。在睡梦中，它无所不能，是最强大的存在。原本因为骆一舟的关系，医院的精怪都不敢靠近向妍和许阿婆半分，但向妍体质特殊，连梦的营养都比别人要好很多，所以梦魇铤而走险，接近向妍操纵她的梦境。

偏偏这只梦魇充满恶趣味，喜欢吃人噩梦，于是向妍才沉浸在梦里，绝望得不能自已。

　　它不知道，向妍的身上有骆一舟的本命契约。察觉到向妍心境不稳，骆一舟便拖着病躯从疗伤之处赶来。当他到达病房，梦魇已经突破了骆一舟设的禁制，将向妍的噩梦和儿时回忆唤醒。

　　而向妍，记起了所有的事情。

　　她父母被妖邪所害。

　　她曾被骆一舟救下。

　　03

　　向妍这两天多数时间是在沉默，就算是许阿婆醒过来，也没有改变她的萎靡状态。她不跟骆一舟进行眼神接触，对他单方面回避，经常有大段大段时间走神，脸上露出的表情迷茫，像个找不到回家的路的孩子。

　　骆一舟早先有一次拦着她，想跟她聊聊是因为什么不开心。可谈话还没有展开就已经结束，向妍摇头，对他说"没什么"。

　　天晓得这种"没有什么其实是代表什么"的考验男性与女性思维差异的问题，能逼死每一个脑子不会转弯的耿直男生。

　　于是骆一舟明知道她有走进死胡同的情况，也不能明白是关于什么。

　　向妍在一大早陪着外婆等医生查完房，喂她吃完药，扶着她躺下接着补眠后，一个人又坐在窗边的椅子上，双手托着腮，眺望远处，习惯性地发着呆。

她不知道自己在固执什么。不是他能轻易进入她的梦里，带她走出那段心碎的回忆；也不是她见过他，小时候是这副模样，现在还是，她发现了她还不完全了解骆一舟。

这些不是不影响，只是比起来，她觉得无所谓。

因为最重要的东西，她似乎忘记了。

向妍觉得不开心，可是不知道应该难过什么。她觉得事情不应该就这么简单，可是无论怎么回忆都想不起需要记得什么。

口袋里的手机振动，拉回了向妍的思绪。

她滑开接听键，对面被骆一舟找来当场外救援的郁冉同学再次上线。

"听说你这两天在跟骆一舟冷战？"

郁冉开门见山，让向妍没有迂回的余地。她低下头，空着的左手不停地绞着衣角。沉默的时间太长，长到郁冉以为信号不好，听不到对面的讲话，向妍才开口否认："没有。"

"骗鬼呢。这底气，王奶奶被疾病缠身几十年，说话的声音都比你大。"

"王奶奶是谁？"

"别给我转移话题。不是大姨妈，不是心血来潮，所以你到底抑郁什么？"

这位姐姐真是对她了如指掌。

向妍想了想，还是决定找郁冉帮忙分析。所以她扭扭捏捏，把自己九曲十八弯的思路跟郁冉解释清楚。

"所以，你觉得你忘记了很重要的东西。最近在思考人生，可能这个东西跟骆一舟有关，于是，你心里有一小丢丢疙瘩，不知道该怎么跟他说？"

把烦恼一股脑告诉另外一个人，向妍呼出一口气，整个人松快了很多。她干脆地点头："你解释得没错。"

"那么，有一个问题。"郁冉装神秘。

"什么？"

"你觉得，你忘记的那部分记忆，和骆一舟比起来，谁更重要？难道他对你的影响没有达到抵消你不确定的怀疑吗？"

向妍沉默。

郁冉再接再厉："生活中有很多东西都有时效性。过去与现在甚至是未来都不是对等的。不要拘泥在过去，你有大好的人生，在将来等着你。"

她留了很长一段空白，等向妍去反复思考她说的话。

最后郁冉说："妍妍，人生有很多的意外，感情很珍贵，是因为它可以被太多事情轻松击垮，连阴天稍微大一点的雨都可以。"

很多东西，当初喜欢是真的，后来伤心难过也是真的。

04

挂断电话，向妍仍然呆坐在椅子上。大脑放空的时间总是过得那么快，转眼就到中午。

骆一舟脸上挂着谦和有礼的微笑，见到谁都礼貌地点头微笑打招呼。从这层的护士站到病房半分钟的路程，他硬生生能走出三分钟的时间。

"严阿姨，您吃午饭了吗？"骆一舟一进门，就跟隔壁床的阿姨打招呼。

阿姨笑得脸上的皱纹都挤出来："吃了吃了。你今天给你外婆带什么吃的来了？"她扭头跟许阿婆说，"老姐姐，你福气真好。外孙女外孙女婿长得好，人又孝顺，天天来医院照顾你。我羡慕的哟……"

许阿婆认为骆一舟优秀得不打一点折扣，她不客气地把称赞全盘接下，对骆一舟招招手："舟舟，又让你辛苦送过来了。明天我们吃医院的病号饭就好了，不好一直让你来回跑的。"

几天的时间，许阿婆对自己甚是满意的外孙女婿人选的称呼，从小骆变成了舟舟。

骆一舟卖乖："哪里需要这么客气，外婆。我都请了年假，待在这里就是为了照顾您的。您养好身体才最重要。"

两人一来一去，再加上隔壁床阿姨偶尔的插话，三个人聊得很是融洽。不过这热闹不属于向妍，她沉默地站起身，把东西从保温桶里面拿出来，分装到各个碗里面。

"妍妍，你怎么不说话？"许阿婆老早就看出外孙女的出神，想要把她也拉进谈话中来。

向妍眼皮耷拉，假装忙着摆好碗筷，就是不抬头。她瓮声瓮气："我这不是让出我小棉袄的位置给您心爱的舟舟嘛，要不然哪有他表现的余地。"

她的话虽然是托词，却让骆一舟放下心来，看来请郁冉来调解她情绪的方法奏效了。

他在许阿婆看不见的地方，伸出手指，偷偷地钩着向妍的小拇指，还稍微有那么点撒娇的意思，小幅度地晃了晃。晃三下，他侧着头弯下腰看向妍的反应，再晃三下，再看。直到向妍绷不住表情，嘴边的梨窝若隐若现，他才得意地抿着嘴，和向妍十指紧扣。

饭后，骆一舟自觉地起身收拾碗筷，去病房外的公共洗漱池洗碗。

向妍不慌不忙站起身，对许阿婆交代："外婆，我陪他一起去。"

许阿婆乐见其成地点头说好，笑得一脸和蔼可亲。

洗漱池只有他们两人在，向妍站到骆一舟身侧，挽起袖子准备帮他分担一点，却被骆一舟轻轻用手肘推开到一边，说："待着别动。"

"哦，那我不客气了。"本就不喜欢洗碗的向妍很开心地听了话。

他的洗碗技术被锻炼得很熟练，骨节分明的手抓着洗碗巾在碗里擦一轮，再在碗沿边转个圈，收尾的时候把外围擦一遍。

他眉目低垂，神情平缓温柔，侧脸精致得像是计算好黄金分割率一刀一刀雕刻完美的雕塑。水流哗哗地从出水口涌出来，撞击到陶瓷碗上，他手里的洗碗布唰唰地擦着碗，稀里哗啦地让他多了几分烟火气。

"骆一舟，"向妍听到自己说出口，"我小时候，见过你。你也是现在这个模样。"

她只是在很平静地叙述一个事实，不是疑问句结尾，没有任何疑问助词。向妍清楚她是在让自己走出困了几天之久的死角，而不是寻求一个答案。

骆一舟"嗯"了一声，声音由鼻腔共鸣发出来，撩得人心酥麻。

"你那时候救了我，后来我忘记你了。"

他把所有洗干净的碗，叠放在水池里，甩了甩手，回答说："有一条规则，但凡有非自然因素出现在普通公众面前，最后会对亲历者记忆清除。"

向妍"哦"了一声，很自然地接受这条规则。

骆一舟继续说："所以你忘记我是正常的，只是这部分记忆阴错阳差还给你了。"

对，是这部分。

他用一个含混不清的词语焉不详地解释了向妍记忆的屏蔽和恢复。

他还是侥幸地希望，她能够永远忘记，那一段想起来注定会让她痛苦一生的记忆。

他顿了顿，用别的事情引开话题："我是修炼者，外表的年龄随我心意。不过我向你保证，我真的，还很年轻。"

向妍歪着头挑衅："那是多年轻？"

"能陪你走到生命尽头。"

他面向她而站，午后的刺眼日光在他周围晕染成淡淡的一层光圈。向妍眯着眼，看到他稍稍弯着腰，手里拿出一条链子，戴在她的脖子上。

　　"这条链子里有我的修为，能抵妖邪三次攻击。"

　　"唔，我应该没什么需要它的地方吧？"

　　"我真心希望。"

　　他笑了下，仰着头，向妍凝视他的眼睛，里面有微笑、有认真、有深情。她看着骆一舟慢慢逼近，鼻头贴上她的鼻头，然后嘴唇上多了一个柔软的触觉。

　　他退开一点点，眼眸凝视她脸上的神色："妍妍，我想你了。"

　　并不是今天我开始想你了。而是这些天我们没说话，我克制不住不去想你，到了无法隐藏的地步。

Chapter 13

"窗外的鸟叫声喧闹，但这并不能打
扰我安静地望着你。"

01

　　许阿婆在她身体康复到可以起身下床，简单地自理之后，就坚
决地让向妍去骆一舟在市区的家里缓一晚。

　　在医院里照顾了许阿婆将近半个月，向妍整个人瘦了一大圈，
眼睛下面多了两道淡淡的黑眼圈，这让许阿婆心疼不已。

　　住院部虽然要求安静，来保障患者们可以有更多的休息时间，
但其实病房里每天都会有医生护士、陪护人员和探病亲属进进出出。
偏偏向妍入睡很困难，只要有一点声音就会吵到睡不着觉。再加上

折叠床始终睡得不舒服，所以她每天都没休息好。

"您是在开玩笑吗，外婆？我怎么可能留您一个人在医院里过夜？"

想想都不可能，让一个还没彻底痊愈的老太太在医院里住着，她就算去了骆一舟家也会担心得睡不着觉。

"那你这么天天睡不好觉，我也心疼得睡不好觉。"小老太太气呼呼地盘腿坐在病床上。

相互为对方考虑的一老一少，隔着一臂距离，僵持不下。

骆一舟托着几个刚洗好的碗从门外回来，看到这番相互置气的情景有点好笑："我离开的这点时间，你们怎么了？"

两个人都没有理他。

隔壁病床的严阿姨前两天已经出院，后面住进来的这一位是整天捧着 iPad 看电视剧打发时间的中年大叔。他听到骆一舟的问题，难得抽空把视线从屏幕上移开，笑呵呵地对骆一舟说："阿姨觉得她外孙女在医院休息不好，想让她去你家休息一晚，小姑娘不忍心把她外婆留在医院。两个人谁也说不服谁。"

大叔这番场外解说，说得自己心里酸溜溜的。

他住进医院，他女儿忙着工作，每天下班来医院打个卡看他一眼，就匆匆回家照顾儿子去了。他一个人来回折腾做检查，有时候检查结果都是隔壁床小姑娘帮忙跑腿去拿的。

人跟人之间，真的怕比较。

骆一舟挑眉："这样啊。这有什么的。"他对大叔点点头，大叔继续移回视线看电视。

骆一舟放下碗筷："外婆每天的点滴到中午就可以挂完了，下午一般躺在床上休息睡觉，要不然就跟其他病友聊聊天看看电视什么的。妍妍正好可以趁这个时候跟我回去休息一下，晚上我们再一起来送饭，让妍妍留这里照顾您。"

向妍觉得护工没自己照顾得贴心，所以从来没有请人照顾外婆的想法。而骆一舟又是男生，晚上留下来照顾不便，所以只能她一力扛起在病房里值夜的责任。

现在骆一舟提出来的，确实是最完美的方案，双方都点头答应。

向妍第一次清楚地认识到骆一舟的魅力，是在一群叔叔阿姨中间。

他的房子是在 A 市近几年新建的一个高档小区里的复式楼。他牵着向妍一走进小区，门口的保安大叔塞给他一大把自己种的香葱。路上遇到的一位阿姨从袋子里拿出两个刚买的火龙果，向妍是因为骆一舟的女朋友才被塞了一个。

走到小区单元楼的广场前，刚好有几位上了年纪的阿姨站在门禁前的屋檐下聊天。看到骆一舟和他十指紧扣的向妍，眼睛里的八卦光芒亮了又暗。

一位阿姨率先开口："小骆，这是你女朋友吧，真漂亮。我本来还想着，把我朋友的女儿介绍给你的。"

另外一位阿姨立马接话："小骆人长得精神，人品又好又有礼貌，这么好的孩子哪还找不到女朋友。"

"小骆，你女朋友是做什么的？盘正条顺又有气质，长得很好看的。"

向妍被当面说得脸颊红扑扑的，骆一舟早就习以为常，回话的语气听上去显得很亲切："我女朋友是舞蹈演员啊，阿姨不愧是老江湖，你们眼光真好啊！"

阿姨们被骆一舟夸得眉飞色舞，他才得以脱身。

他被向妍盯得毛骨悚然，假装若无其事地问她："干吗？"

"没想到你嘴能甜成这样？"

骆一舟心领了这个称赞："阿姨们都很热心。刚才那位长得高一点的大妈，上次你说喜欢吃的紫苏腌桃子就是她给的。"

向妍调侃："也只能是你这样的好女婿人选，阿姨们才会给啊。"

"骄傲吗？"骆一舟嬉皮笑脸。

"马马虎虎吧。"

02

骆一舟打开大门，门口正对着客厅沙发，所以他直愣愣地看到沙发上坐着不请自来的客人，笑容一瞬间消失得看不见踪迹。

突兀的女声从客厅方向传来，越兮吾站起来："骆一舟，我们在你家等了这么久，你怎么才回来呀？"

听起来像是一个等待丈夫归家，但是迟迟没有等到的妻子质问的口气。骆一舟难以置信地看向她的师父黄天师，想着他是何等的眼瞎才收了这么一个不会说话的徒弟。

"我回家早晚，关你什么事。"

向妍还站在门口，对屋里的情况不了解，听到骆一舟带着点不耐烦的话，心中好奇，所以才问："怎么了？"

快速地瞪了一眼坐在旁边陪客的钟离，和倨傲地站在电视机上的骆金刚，骆一舟不停留一秒地把还在门口的向妍拉进来。他用正常的音量说："家里来客人了，我带你去我房间，你休息一下。晚点的时候我再叫你。"

越兮吾咬着牙关，因为被前后对比这么明显的区别对待，她脑子里绷着的理智彻底断了弦。她不顾师父的阻拦："我们来是找你商谈十万火急的大事。"

"不好意思，在我这里，我女朋友需要休息才是十万火急的大事。"骆一舟连眼皮都没抬高半分，拿出一双新的女士拖鞋给向妍换好，然后准备带她去楼上的主卧。

"可她也是龙湾镇的人对不对？龙湾镇有危险了。"

越兮吾的话，让向妍拉着骆一舟停了下来："龙湾镇怎么了？"

黄天师对徒弟的冲动行为有点尴尬，他上前一步挡住越兮吾，随后清了清嗓子，向大家解释："事情是这样的，我一直在追查之前分给我的西南地区的案子。最近发现，他们频频往 A 市来。于是我打听了一下 A 市范围内的动静，只有龙湾镇最近在招商引资，能让他们有借口频繁进出。所以，我怀疑是跟龙湾镇有关系。"

向妍不懂这里面的条条框框，把视线投向骆一舟，而骆一舟则是一脸不满地望着钟离。

"看我干吗？腿长在他们脚上，他们想来我还能不让他们来吗？"钟离说得直白粗浅，但听起来很像那么回事，"比起隐在背后时不时搞点小动作，不如让他们全都来，到时候我们一锅端掉，斩草除根。"

只是钟离也很不满，明明他都对外说骆一舟有伤在身，最近不能动用灵力了。黄天师和越兮吾却仍然坚持要跟骆一舟见一面，明显是想让他家山大王当主力。

骆一舟把两个不速之客晾在一边，沉思片刻："妖界都知道，龙湾镇是我们的根基所在，不到非不得已，他们绝不会来这里跟我们抢地方。既然真的这么做了，那就应该谋划很久了，估计是冲着龙脉来的。"

"然后呢？"越兮吾往旁边移了一步，拒绝了师父看似无意的阻挡。

事情发生在龙湾镇，骆一舟应该对对方的谋求看得更透彻点。所以她有意想从他这里得到多一点的分析和思路。

结果骆一舟对大家垂询的目光置若罔闻，下一句是："既然是冲龙脉来的，那不是我们这几个人随便商量就可以对付的。所以现在，请你们先离开我家，等人齐了再来找我。谢谢。"

跟着师父从帝都赶来的越兮吾，不太满意骆一舟的敷衍："那我们现在不先讨论一下大家手里掌握的情况吗？"

"我认为，你应该先给我们一个前期调查的时间。光是这么凭空猜测，是没用的。"他示意钟离派人去调查龙湾镇最近的动向，又对黄天师说，"你们舟车劳顿想必也很辛苦，先回酒店休息吧。等调查完，我再通知你们。"

说完，他环着向妍的肩膀转身上楼。至于黄天师的欲言又止，他就没工夫多管了。

既然对方所图甚大，那就不会仓促行事。而事务局这边，骆一舟想，他们就像是无头苍蝇嗡嗡转，不知道从哪儿下手，就想一窝蜂地涌过去。

骆一舟的卧室是由两个房间打通的，所以面积很大。装修并不是设计感很强的那种风格，他走性冷淡风，蓝色调贯穿整个房间。

中间的两米宽大床看上去很舒服，但打着哈欠的向妍此时无心睡眠。她在外面没头没脑地听了一些，但再怎么半猜半蒙也想不通事情的全部始末。

"龙湾镇会有危险吗？"

那里，是她生活了快二十年的地方，几乎每一个角落都有她的回忆。

骆一舟把她带到窗边，按着她的肩膀让她坐在榻榻米上。他蹲下来，握住向妍的手掌："别听那人瞎说。先不说那群妖还不成气候，就算是冲着龙脉来的，我也有能力护住龙湾镇。"

这两句话，说得有点不经意，像山林里缥缈的薄雾。但是，向妍相信，他这么说是因为他就是这么笃定的。

"你不困吗？现在去洗个澡，回来你可以睡差不多三个小时，到时候我再来叫你。"骆一舟没有忧心忡忡，依旧还是照原来的节奏来。

向妍摇摇头："不不不，现在操心家国大事呢，我无心睡眠。"她把事情一联系，问骆一舟，"你说是不是把我外婆推倒在地的那伙人，就是刚才说的，要对龙湾镇不利的人？"

"先不说是不是一伙，推外婆的那个人被我们告了还关在监狱改过自新，赔了我们各种费用，该惩罚的都惩罚了。这件事情已经了了。至于是不是来龙湾镇心怀其他目的，有时间想这件事情，还不如早点睡觉。"

骆一舟伸出手，捏了捏她的腮帮子，和之前比，她脸上的肉掉得有点多。他眉头轻轻蹙起："妍妍，心疼你的不只是外婆一个人。"

这样子还怎么搞？柔情攻势对她很管用的！

吃软不吃硬的向妍皱了皱鼻子，只好暂时中断自己猜测了一路的脑洞，妥协地答应："好啦好啦，我冲完澡回来马上就补觉。"

说完，她无比珍惜时间，一边顺着骆一舟手指的方向走进主卧的浴室，一边在脑子里重新整合自己得到的线索。

要不然怎么说一心不能二用呢?

向妍冲完澡，才发现自己根本就忘记拿换洗的衣服进来了。她站在镜子前，排练推翻再排练再推翻，始终没有找到让自己满意的方法，让骆一舟帮忙去拿衣服，然后递进来。

房间里从始至终都无比关注浴室动静的骆一舟，在听到里面的水流被关掉，然后再也没有什么声响，隔了好久，向妍根本没有要出来的意思。

他放下手里的书，往浴室门口靠近了几步，忽然回忆起了向妍进去时的样子，双手没有拿任何东西。他原路返回，打开向妍的包，拿出了她的换洗衣服。

在手触碰到一件布料不是特别多的东西的时候，他脸上没来由地烫了一下，然后像是爆炸似的，温度从四面八方慌不择路地蔓延。

骆一舟站在浴室门外，努力维持声音不变："你是不是没有拿衣服进去？"

向妍站在镜子面前许久都没有勇气问出声。

全身的水汽在挥发，带走身上的温度，有些冷飕飕的。而骆一舟在浴室门口弄出的声响，让向妍仓皇失措地拿起挂在墙壁上的浴巾披在自己身上。

不着一丝寸缕地跟人隔着一层磨砂玻璃，她毫无安全感，在骆一舟面前，又多了很多的羞涩。

骆一舟等了良久，又说："你开条门缝，我把衣服给你递进去。"

她的声音细若蚊蚋："好。你等等。"

人躲在玻璃门后，开了一小条缝，向妍从骆一舟手里接过她的换洗衣服。向妍在看到被放在衣服中间的内衣内裤，只觉脑子里"轰"的一声，她炸了！

她敢打赌，她原本放的可不是这样子的位置。

磨蹭到用一种龟速换完衣服，向妍磨磨蹭蹭地从浴室里出来。她神情羞涩、目光游离不定，不敢与骆一舟对上。

经过骆一舟坐着的懒人沙发，她快速含糊地说了一声谢谢，然后一溜烟地钻进被窝，只留下空气里还没挥发散去的沐浴露味道。

03

许阿婆在医院里休养了几天，终于可以出院。

出院前，主治医生特地交代，人最好是留在 A 市，方便随时回医院复查。

大脑是人体最复杂的器官，全科室的专家一起研究，也没弄明白许阿婆是怎么一夜之间好转，更不敢断定许阿婆是否完全好转，只能随时关注她的身体状况。

骆一舟想都没想就开口邀请："去我那里住吧，正好有三个房间。我把主卧收拾一下给阿婆住，朝南光线好，窗外风景也不错。"

向妍的男朋友如此热情好客，把他房子的现任住客钟离都抛之脑后。

向妍鼓着腮帮子，对这个提议心动了一半。

龙湾镇现在是暴风雨前的平静，起码得等到一切都尘埃落定才能回去。她瞄一眼还在殷切等答案的骆一舟，说："要不你帮我在你家附近租一套房子吧？"

"为什么这么麻烦？"骆一舟皱眉。

"我外婆不喜欢住别人家。"

"我是别人？"

他语气里十足十的委屈让向妍有点哑然，但她还是小声反驳："反正我外婆不会答应住你家。"

许阿婆是个老派的人，虽然对向妍和骆一舟的交往乐见其成，但她不会答应外孙女带着她一起借住在未来孙女婿家里。至少要等"未来"这个前缀去掉之后。

　　骆一舟不信，亲自去邀请许阿婆。遭到拒绝之后，他才用了点办法，把他家隔壁的房子租了下来。

　　房子跟骆一舟家一样是复式楼，格局差不多，楼上楼下都有卧室。

　　许阿婆年纪大，上下楼不大方便，幸好一楼的卧室也是朝南，就定下楼下的房间。

　　全能保姆骆金刚被骆一舟打发到隔壁打扫卫生。家里的其他两人，一个往大了说，忙着维护社会治安，拯救世界和平；另外一个当了近千年的单身狗，开窍之后全心全意在医院讨好许阿婆。

　　只有它，身残志坚地叼着四件套，把二楼三个卧室的床上用品全换了一遍，开窗通风，擦桌子、拖地板地迎接许阿婆和向妍的入住。

　　许阿婆出院后的欢迎宴，是在骆一舟家举行的。

　　饭后，许阿婆的作息很规律，早早地回隔壁休息。钟离非常会看眼色，跟骆一舟一顿挤眉弄眼，带着骆金刚出门去黄天师住的酒店，和黄天师彻夜长谈去了。

　　他现在非常希望骆一舟能二十四小时都跟向妍待一起，以便尽早痊愈。逆天改命的元气还没恢复过来，接受传承的日子却迫在眉睫。

人都走光的房子瞬间冷清了下来，骆一舟跟向妍一起把碗筷扔进洗碗机，又走到客厅的落地窗前，推开玻璃门，回头伸出手："要不要一起看星星？"

夜色温柔似水，他笑得招人，眼里光芒万点，似乎早就把整片星河大海装进了瞳孔。

阳台上种着一些花花草草，中间放着两张特别符合人体工程学的气垫椅。

向妍很不客气地坐下来，身子往后躺，靠在椅子上，惊奇地说："这里视线真不错，躺在这里看星星的角度刚刚好。"

骆一舟坐在另一边，侧躺着，单手撑住脑袋："都是钟离摆的，他喜欢看这些。"

"原来钟离是这么有情调的人啊。"

骆一舟轻笑出声："这才哪儿到哪儿，他以前可是修真界万人迷的担当，一肚子花花肠子。不过现在主要是躺在这儿夜观天象。他说躺着看，不用一直仰头，脖子不酸。"

这个说法很新鲜。向妍看过古代的电视剧，每个能看星象的人都一副神秘莫测的高人模样。而钟离找的理由，让她再也无法端正态度地再在脑海里模拟。

六月初，A市的夏季已经八分熟，夜晚凉爽的风挟裹着花香吹拂她的面颊，几缕发丝纠缠，她轻轻用手拨开，小区里的高楼亮起点点灯火，和远处的星子交映成辉。

"有点想念从前了。"她看着天空，知道身边的人一定听得认真，"那时候经常会停电，每家每户都会拿出折叠椅，放在家门口。你如果站在高空往下看，街道两边的折叠椅会排成一条没有首尾的长队。椅子下燃着一盘蚊香，每人手里拿着一把大蒲扇，跟周围邻里三言两语地说着今天的听闻。一声有一声没的，最后声音缓缓消寂在黑夜里。可能再醒过来就是午夜十一二点的样子，一个喊醒一个，各自回家继续睡到天亮。"

说起那些极其有人情味的夜晚，向妍的脸上映着馨甜的暖意。她继续说："所以以前课本上的所有文章，我最喜欢《边城》。"

里面有一段：夏夜光景说来如做梦。大家饭后坐在院中心歇凉，挥摇蒲扇，看天上的星同屋角的萤，听南瓜棚上纺织娘咯咯咯拖长声音纺车，远近声音繁密如落雨，禾花风傔傔吹到脸上，正是让人在各种方便中说笑话的时候。

每每读到这一段，都会重温一遍过去，以至于从小不爱背诵全文的学渣向妍，很多年后都能轻而易举地默背这一段。

骆一舟以前没想过，许多年没在向妍身边的他会错过什么。当然，许多年这三个字曾经在他的字典里轻飘飘不值一提。

可是现在他不止一次在问自己，他到底失去过什么？

他和她重逢得太晚，没看过她敏感多愁，她活泼娇俏，错过了这些她提起会嘴角不自觉上扬的瞬间。

"真可惜，没有看见过那时候的你。"他托着腮，"不过还好你现在在我身边。"

我无法回到过去，在你成长的印记里加上我的存在。但是没关系，我可以陪你过以后的每一天。

如果你喜欢大海，我陪你去看海浪拍在礁石上碎开的浪花，像是散落在大海里的星辰；如果你喜欢看日出，我陪你坐在山巅之上看青葱郁绿被熏染得绯红，叫醒整个世界的样子。

向妍伸出手，等着骆一舟来握住。下一秒，她的手掌被厚实地包裹住。

两个人没说什么话。

向妍抬头看星星，骆一舟侧身一直看向妍。

夜更深，她的眼皮已经缓缓地合上，骆一舟悄悄站起来，弯下腰，把她打横抱起送回隔壁。她乖巧地依偎在他怀里，贴在他胸膛的热量透过布料牢牢地烙在他身体里。

　　骆一舟把她放在床上，将被子轻轻盖上去，他坐在床沿，静默地看着她的睡颜。

　　以后，我说的是以后，希望有一天醒过来，我们可以躺在一张床上，我侧卧着面对你，你也刚好面朝我，可以是把手搭在我腰际。一睁开眼就看到你，窗外的鸟叫声喧闹，但这并不能打扰我安静地望着你。

Chapter 14

"可我想见见十六七岁的你。"

01

向妍在发现她的视线时时刻刻都可以看到骆一舟后，才猛然意识到，这两天她一直觉得不对劲的地方在哪里。

骆一舟变得有点黏人，一天到晚待在隔壁。

她在厨房做饭，他在旁边洗菜；她在阳台晒衣服，他坐在客厅看电视；去超市买菜，骆一舟也跟着去；晚上带着骆金刚一起去夜跑，他也会从书房里出来一块儿跟着。

向妍知道近期他们正忙着那件与龙湾镇至关重要的事情，前期准备让每个人都忙得焦头烂额，比如钟离，连人影都看不到了。

这么比起来，跟她形影不离的骆一舟看上去非常奇怪。

一大早，向妍住的房子大门就被叩响。

许阿婆正在厨房里煮粥，开门看到是骆一舟，丝毫不意外。她笑眯眯地说："舟舟啊，你真勤快，向妍那个懒丫头还没起床呢。"

骆一舟穿得一身清爽，闻言点点头："那阿婆，我去楼上喊她起床。"

"行的，马上可以吃早餐了，让她赶紧下来。"

话没说完，人已经跑远。探身看到他一步跨两三阶的背影，许阿婆自言自语："热恋期哟。"

可向妍并不需要这样子的热恋期。

她躲在被子里翻来滚去，还是无法隔绝门口孜孜不倦的敲门声钻进她的耳朵里。睡意被驱散，她从被窝里钻出来，气得每一步都故意踩得很重，打开门的时候还在想，必须要让骆一舟知道，他女朋友的起床气超严重。

"向妍同学早安呀！"

门外很有元气的笑容让她的起床气无从发泄，向妍烦躁地抓了把乱成鸡窝的头发，敷衍地点点头，又重新返回房间，趴在床上继续刚才的睡梦。

身边的床垫陷下一个位置，被打扰到的向妍有气无力："你这两天是不是有点太闲了，我看钟离好像事情很多的样子。"

骆一舟双手抱胸："我和他分工不一样，之后我会比较忙。"

黄天师上门后，钟离便亲自去核实消息。倒不是说不相信黄天师，只是妖有妖的消息渠道，为了核实信息，他们从头到尾又查问了一遍。

骆一舟想到钟离说的幕后黑手，他的修为和能力让整个修真界都束手无策，万幸的是，他现在仍被封印着，即使，封印正在松动中。

为了确保骆一舟的安全，钟离接过分到骆一舟头上的所有事情，务必让他空出时间在向妍身边待着，尽快使身体痊愈，做好接受最后一道传承，晋升到成年麒麟的准备。

骆一舟很开心。不管理由是什么，他待在向妍身边的时间增多了。

"哦，可我最近老是觉得你在眼前晃荡。"

骆一舟笑得有点得意："不是都说，心里有什么，看到的就是什么吗？"他单手撑在向妍身边，整个人靠近，飞快地在她额前落下一个吻，"你心里有我，奖励你。"

这人！正经不过三秒。

可是，骆一舟说的，又好像都是对的。

她从床上坐起身。

被吵醒前的梦是什么样子的，向妍早已忘记，可她觉得应该是有刚才的亲吻那么甜蜜，所以她的嘴角克制不住地往上弯着。

02

早餐吃到一半，钟离和骆金刚从外面回来，面色有点难看。一进门，他一言不发，蛮横地拉着坐在餐桌上吃早餐的骆一舟径直走向二楼的阳台。

骆一舟咽下满口的鸡蛋饼，吊儿郎当："你这是要谋朝篡位吗？给你给你，妖王的位置你拿走。"

钟离翻了一个白眼，不想跟他多开玩笑。

"之前我们查出引发动乱的幕后黑手是魔王娄乐。他早在千年前被封印，只是近年来的地壳运动，使得禁制威力也在逐渐减弱。特别今年，封印之地发生了地动，刚好让他有缝隙可钻。"钟离接着说，"他想用龙脉和普通人献祭，一举冲破封印。"

而龙湾镇的村民都是世世代代住在镇上的，加上龙脉的风水原因，村民积极向善，体内蕴藏的能量较之别的地方的人，都更适合当他的祭品。

骆一舟听得明白，就是不理解钟离为什么会这么忧心忡忡。

"所以呢？虽然魔王打的我们地盘的主意，但我现在伤势未愈，人类修真界和妖族的大能那么多，又不止我一个人。你帮忙推荐几位大师上去就好啦。"

"可你如果不去的话，黄天师打的是向妍的主意。"

话一出口，钟离第一次感觉到骆一舟身上散发出来的威压。他的瞳孔仿佛燃起一团幽火，近之半分就灰飞烟灭。

"他知道了什么？"

"他师门有一面传下来的擎天镜，知道向妍体质特殊，是聚灵体。"

如果在封印娄乐之时让向妍跳祭祀舞辅助，效果事半功倍。

黄天师把算盘打得精明，可骆一舟不想听这些："妍妍只是个普通人，没义务来帮忙。"

他在心里把对黄天师的讨厌程度和越兮吾划到了一块儿，完全忘记以前和黄天师坐在草地上一起看星星聊过天的情谊，暗自盘算着怎么把这个球踢回去。

钟离见骆一舟沉默不语，几百年的相处让他准确地猜测到骆一舟的打算，赶紧制止："你不要胡来。黄天师是这次行动的主力之一，缺他不行的。"

骆一舟斜眼："我是那样子的人吗？"

"不是，但你是那样子的妖啊！"你身上的杀气都快溢到房间外了，长着眼睛的都清楚你想干什么。

骆一舟无辜地耸了耸肩："我只是在考虑，我可以成年了。"

"确实。你如果成年，给娄乐重新封印就不是问题了。可，你什么时候能成年？"

这个问题不太好说，骆一舟没办法准确地说出一个日期。他只是感觉到，向妍身上的灵力，让他触碰到了成年的门栏。

见骆一舟不确定，钟离暂时把这事情放下："先不用着急，现在有我顶着，还能撑上一段时间。"他噤声，倾听楼下的动静，"下面来客人了，我们先下去吧。"

妖类天生的敏锐听觉让他已经知道下面来的是谁了。

骆一舟没好气地说："辛祁这小子真是阴魂不散，能把他顺道一块儿给封印了吗？"

他冲着抱怨的对象却一脸的幸灾乐祸："你大可以试试，只要承受得住九尾狐全族来找你麻烦。"

骆一舟没有理他的调笑，匆匆忙忙地跑下楼。

这是他获得"向妍男朋友"这个身份之后，第一次出现在辛祁面前。回忆在龙湾镇碰面的那次，今时不同往日的骆一舟，有必要去宣誓下主权。

他气势汹汹地下楼，看见向妍开心地站在辛祁和郁冉的中间，一边手挽一个，聊得根本没心思注意他从楼上走下来。

在他身后的钟离带着骆金刚，早坐在许阿婆身边的空座上，期待地等着骆一舟的表演。

在辛祁似有若无挑衅的目光下，骆一舟平静地进厨房拿了两副碗筷，摆在对面的位置上，尔后清了清嗓，确定吸引了大家的视线后，脸上露出亲切的待客微笑，掷地有声地说道："妍妍，你的朋友没吃早饭吧？大家先坐下来一起吃早餐吧。"

完美地诠释一副户主的姿态，骆一舟对自己的表现很满意。他的视线落在向妍挽着辛祁手臂的地方，真是该死的碍眼。

郁冉扛不住骆一舟这样的无声逼迫，再加上她和辛祁半夜从帝都往回赶，早就精疲力竭，很想坐下来填饱肚子再立马去睡觉。于是，她带着真情实感响应骆一舟的号召："吃饭吧吃饭吧，我都快饿死了。"

"那你们快坐下，等休息好了，我再找你们聊。"向妍自然地收回手，招呼两个人入座。

骆一舟抓住时机，牵着向妍的手，两人并肩坐在了桌子的一边，成功分开向妍和辛祁的骆一舟，像是个得胜而归的大将军，轻蔑地望向对面座位的狐族少主。

这有什么好得意的?

辛祁摇了摇头，往碗里夹了一张许阿婆烙的鸡蛋饼："记得以前上学的时候，向妍天天带阿婆做的早餐来学校，还做了我和郁冉的份。高中毕业后，也就只有回家的时候，才能去您家蹭一蹭饭。"

"那时候有分工的。我带早餐，郁冉负责水果，辛祁会买零食给我俩吃，弄得其他同学都很羡慕我们。"向妍歪着头看向对面，眸光里包含着别人插入不了的默契，"你们说，我们仨关系这么好，不会就是这么吃出来的吧?"

"不是我帮你写数学作业，你帮我写英语作业，这样子的革命感情吗?"

辛祁与骆一舟打过架之后，便一直关注对方的动静。最开始是听说骆一舟让钟离派人去照顾一个人类小孩，所以才溜到龙湾镇看看到底是什么样的小孩子能让骆一舟这么做。

接近郁冉后，知道她是聚灵体，能帮助人修炼，便留下来借着朋友身份，吸收郁冉转化出来的醇厚灵气。有因就有果，得了郁冉的好处，辛祁便想着用保护向妍来偿还她，以后修真路上也就不欠着她的了。

所以他与骆一舟之间的苗头，称不上是情敌见面分外眼红，因为辛祁对向妍不是那样子的意思，他更像是在故意逗骆一舟生气，毕竟他之前愿赌服输一直在龙湾镇帮忙，可没想到自己被支使得那么辛苦。

餐桌上欢声笑语，骆一舟安静地垂着眉眼，把他们说的每一句都记在心里，逐步地拼凑出向妍的高中生活，想用这些只言片语来填补那些年没有陪在向妍身边的空白。

她曾经代表学校参加省际的独舞比赛拿到金奖。

她成绩偏科，文科单拿出来，每科都是年级里面数一数二的分数，但是化学和物理也是年级的倒数几名。

她在高中课余时间，经常去打工补贴家用，有一年的暑假还大着胆子开了龙湾镇上第一个补习班。

······

向妍注意到骆一舟长时间的沉默，关心地问："你怎么不说话？"

"没有，我就是在想你。"

向妍笑了出来："我不是在你面前吗？"

"可我想见见十六七岁的你。"

想遇见十六七岁的你，看看你那时候的笑容和泪水，会不会有我没见过的样子。

感谢时代发展科技进步让骆一舟能够实现愿望。

默不作声的许阿婆突然插话："我记得家里有一本相册是妍妍高中时候的照片。舟舟，下次你去龙湾镇，我找出来给你看。"

"谢谢阿婆。"

不过没等骆一舟开心，搅屎棍辛祁又故意拆台："还是别见了吧。现在的审美和那时候的不一样了，我看我高中时候的样子，都觉得自己是个傻子。"

在龙湾镇的时候，骆一舟就因为辛祁耽误了他出关，错过了向妍的高中时期而找他打架。如果被骆一舟见到了向妍那会儿的照片，那他挨的那顿揍不是就吃亏了吗？

然而他的好朋友向妍不赞同他的话，咽下嘴里的东西就呛声："不准你代表我。我的审美经得起时间的考验，哼！"她转向骆一舟，"你大胆地看，看完再真诚地夸我高中的审美有多棒就好了。"

骆一舟失笑，摸了摸向妍的脑袋，让她专心吃饭，然后才对辛祁回敬一句："辛祁，你要学会接受'人与人是有差别的这句话'。"

"行啊。那到时候我也一起看一看相册，领悟一下人与人之间的差别到底在哪里。"

郁冉啧了一下："怎么哪儿都有你？电灯泡就该有电灯泡的自觉。"

"怎样？"辛祁有点嚣张，"我这几天在 A 市，还得跟你一起借住在向妍家的。"

一时之间，骆一舟的目光就差没化作实质性的飞刀，扎辛祁无数遍了。

03

辛祁凭借着厚脸皮，还是在向妍住的这套房子里蹭到了一间卧室。

在向妍看来，辛祁想要住下来的原因，大部分是因为骆一舟。两个人从小认识，长大后，还会借着针锋相对的场面来联络感情。

比如现在，电视里的频道被快速地来回切换，看得人眼花缭乱。辛祁站在电视机前面，而骆一舟把头靠着她身上，半躺半坐在沙发上拿着遥控器。

一个人想看足球比赛，另外一个人没什么想看的，但就是不看足球。

所以，一人换了台，另外一人就立马调回来。

围观得很疲惫的向妍翻着白眼，心里不知道多少次感慨："男生真的很幼稚。"

她打了一个哈欠，撑着眼皮建议："我说你们就不能用手机、电脑、iPad看吗？"她无比迫切地想要回房间和午休的郁冉待一起。

"不能。"两个人异口同声地回道。

对这几天连续上演的换汤不换药的"骆一舟与辛祁恩怨情仇小剧场"已经备感疲惫，向妍终于不惯着这两个人，强制性地宣布："请辛祁小朋友，回自己的房间去用手机看节目；请骆一舟小朋友，关掉电视，爱干吗干吗去。"

人在屋檐下不得不低头，没有获得这次阶段性胜利的辛祁很伤心，垂头丧气地暂别了客厅。而这一边，骆一舟关掉了电视，表情认真严肃，但更多的是故意表现出来的低落："我觉得我很委屈。"

"那怎么办呢？你就委屈一下下好了啊。"

"凭什么我要委屈自己？"他缓缓靠近，气息包围，将她拥在怀抱里。

向妍双手捧住他的脸，因为他起先的姿势是把脸枕在她的肩膀上，脸上被衣服压出了几道红痕，但丝毫没有折损他的半点美貌。她像是在巡视领地，没有躲避也没有羞涩，最后直直地望着他的眼睛。

"可能是因为我会补偿你。"她大着胆子，凑过去，"像这样。"

向妍对她自己很失望。

事到临头才发现她根本不知道两个人亲吻，在嘴唇碰上之后要怎么进行下一步。在短短两三秒内，她屏住呼吸，心跳很快，脑子一片空白，似乎全部感官只留下碰到嘴唇的温热触觉。

然后怎么做呢?

她忘了，像一个开城出兵的雄赳赳气昂昂的将军突然打了败仗。

她快快地准备后退。

即将分开的刹那，骆一舟回过神，根本不给向妍撤回的机会。

他按住向妍，力气有点大，牙齿隔着肉相互碰撞在一起，向妍难免呼痛。于是骆一舟轻而易举地舔开的牙关，触碰到她的舌头，像是一个小孩终于找到心爱的玩具，他孜孜不倦，耐心地与它纠缠。

"咳咳……"身后响起两声促狭的咳嗽，来人没有什么不好意思地打断了他们，"我楼上的无线信号不太好，只能来客厅看比赛了。"

辛祁假模假样地加上一句："不好意思哈，打扰你们啦。"

骆一舟坦荡地回应："确实打扰了，希望你是真的介意。"

两人的视线在空中交会，碰撞出像是要开战前的硝烟。

可能三个人中间，只有向妍觉得尴尬，她的耳朵红得仿佛要滴血，过了几秒才努力平复，假装没听到辛祁的话，站起身准备给火药味很浓的两个人腾地方。

想了想，她还是决定在离开之前强调："你们不许打……"

"架"字还没来得及说出来，是因为她看到自己的男朋友，突然变成了一只，呃，小狼狗？

什么鬼……

向妍呆在原地，使劲地眨眼揉眼睛，眼前的画面依然没有任何改变。

辛祁倒吸一口气，单手捂着眼睛，似乎不忍心看下去。但是不可否认，他心里还是为骆一舟的露馅，有点坏心地想笑出来。

她盯着眼前这只小狗，让她觉得非常熟悉的小狗，问辛祁："你看到一只小狗了吗，辛祁？骆一舟去哪儿了？他是给我准备了魔术吗？"

要不然怎么说呢？修炼的人名堂多很多，可以大变活人吗？

向妍失了魂一般僵直着身子，努力在脑海里快速地思考这件事情，想了各种理由来解释眼前的情况。

"这可不是魔术。"看在他和向妍友情的分上，辛祁点到为止，不想再落井下石。

麒麟小兽骆一舟也有点惊讶，他没猜到自己是在今天成年。他的暗伤都已痊愈，就等着灵力大圆满的时候，接受麒麟一族最后的传承。

他设想过无数次关于成年的场景，却没一次猜到是刚好在向妍面前。

他不安分地刨了刨爪子，踌躇着不敢上前。

不仅如此，身体里越演越烈的不适感觉，也让骆一舟有点坐立难安。体内的灵力在不断翻滚汹涌，他像是置身在火山熔岩中一般，全身焦灼滚烫。他寄希望于钟离，希望几百年前被一股脑灌输过《麒麟一族育婴手册》的钟离，能够赶紧回来。

午后的天空开始翻滚起层层叠叠的云朵，它们像是布匹在染缸里被阳光浸泡、调色、晕染，最后形成异常绚烂的紫红色的麒麟形状。

向妍注意到外边的动静，轻而易举地把那些跟眼前的小狗联系到一起。

"骆一舟，为什么会变成这样了？"

她的心脏在用力地捶打着胸膛，扑通扑通的声音撞击着耳膜轰鸣。心中的一个声音越来越清楚，可她还是不能坦然接受。

骆一舟越来越无力，已经瘫倒在地板上。

异象开始出现，按上一辈传下来的方法，他要抓紧时间去人少的地方接受天地灵气的灌溉。

听到小狗发出的呜咽声，向妍不忍地向前几步蹲下身。地板上的小兽，散着高温，让她逼近不得，有点手足无措。

楼梯的木板被人踩得咚咚咚作响，眨眼之间，郁冉已经出现在身边。

"骆川王真的会搞事，传承的时间挑得这么好。"她又没好气地白了辛祁一眼，似乎在责怪他的不作为。

外边的异象让她来不及对向妍多说什么，骆一舟全身的滚烫对她不起作用，她抱起小兽，变成一道金光从窗口凌空而去，一下子就消失在视野中。

骆一舟变成兽形太突然，郁冉抱着他化作金光也是太突然，以至于向妍伸手想要抓住变成一道光线飞出去的他们，却仍然扑了个空："这到底是怎么回事？他们为什么，不，他……他们是去哪里了？"

辛祁正了正色："骆一舟是麒麟一族的少主，等他经过这次的成年传承，便是麒麟族妖王。而郁冉，是他派人守护在你身边的助手，至于我……"

知道了确切的答案，辛祁注意到向妍看似平静下来，继续说："我是九尾狐一族。其实妖界和人类签订过合约，我们以人形入世，与人类共同生活。至于更多的，等骆一舟传承完，让他自己给你解释吧。"

"妍妍。"辛祁对她伸出手，"我带你去找他，可好？"

该怎么说呢?

辛祁说的每个字都已经传入她耳，刻入她心，可奇怪的是，她听得无动于衷，不起波澜。

似乎对她来说，这些都是吃饭喝水那样子平常的事情。

刚才的那番言论在心底引发的兵荒马乱，瞬间被平息，像是过去了好多年那样。

向妍握住他的手："真神奇啊，我就这么寡淡地接受了你说的全部的话，虽然心底还有点不确定。"

"那见到他们之后，再说吧。反正，我们还是我们，本质上没什么不一样的。"

看她把信息消化得这么好，辛祁又随口抛出了一个话题："骆一舟一直不知道该怎么告诉你。哈，堂堂一个妖王，就在这件事情上犯了难，没想到老天还是没放过他。他原本不准备在你面前暴露传承，但其实，有你在，他的传承会更顺利点。"

"为什么?"

"你天生体质特殊，是聚灵体，能把宇宙中的灵气转化为最精纯的能量。有你的话，他的传承更轻松点。"

用灵气将自己与向妍围成一个茧，辛祁同样也化作一道光，顺着郁冉留下来的信息追去。

Chapter 15

"骆一舟，一千岁生日快乐。"

01

接受传承的地址，骆一舟选在 A 市山郊的一片竹林里。

四周的竹林郁郁葱葱，遮挡住了刺眼的日光。骆一舟躺在被竹叶铺满的泥地上悄无声息，若非他胸口处的扩张与收缩，都察觉不到他的呼吸。

辛祁与向妍尾随而至，早到一步的郁冉把向妍领到了离骆一舟七步之远的地方，用不打扰这一片宁静的声音说："距离太近的话你会干扰到他，现在这个距离刚刚好，你不需要做什么，待在这里就好。"

　　向妍暂时不知道用什么表情来面对十几年的好朋友，僵硬地点点头。

　　看到她这样，郁冉笑出了声："怎么，觉得我陌生了吗？"

　　向妍欲盖弥彰："没，也没有。就是，有点，不适应。"

　　"也没什么啊，反正我还是你朋友啊！哦，如果你承认的话。毕竟这么多年的感觉不作假。你总不会是老派思想，不接受妖类做朋友吧？那骆川王可怎么办，他可比我过分，还想和你做夫妻的呢。"

　　熟悉的调侃，让向妍对郁冉生出的一点不自在都消失了。她挥挥手："真的没有啦。我觉得我需要矜持点，在听到那么大的消息之后，要做出点该有的合理的反应，好不好！"

　　"行吧行吧，你自己在这里反应吧。我跟辛祁去给骆川王护法。"

　　尔后，郁冉与辛祁就走在东南西北四个方位上，随机选了两个方向，便盘腿坐下来。虽然身为妖王的血脉威压，足够驱赶绝大部分的妖族，可就怕出现不在预估之内的事情。

　　两人还是保持高度警戒，一丝一毫异样都不放过。

　　天边的异象迟迟没有退散，知道传承没有什么危险性之后，向妍彻底地放下心来。她也学着他们盘腿席地而坐，托着腮看向不远处的骆一舟。

他似乎是进入了下一个阶段，开始在兽形和人身之间来回切换。不知道从哪个方向吹来的风，让整片竹林簌簌作响。

可奇怪的是，他所在的这圈地方，像是被罩了一个看不见的玻璃罩，掉落的树叶都在即将进入这片区域之前，先打了一个旋儿，落到了其他位置。

麒麟族骆川王。

她在舌尖来回琢磨着这六个字。

男朋友是妖族。

她不止一次在心中提醒自己这个事实。

可将自己的心情在这个静谧的竹林里，晾晒筛选，向妍确定，里面都没有与"害怕"相关的情绪。明明高铁上的三个妖类在她的记忆里依旧鲜明。

向妍目不转睛地盯着骆一舟。

如果是骆一舟的话，妖族都无所谓的吧。

不管他是什么身份，在她心里，只是骆一舟，就足够了。

没人知道麒麟族的传承需要多久，就连观察到天边异象，匆匆赶来的钟离和骆金刚都不太清楚。前两道传承从一个月到三个月的时间不等，根本不能拿来作为衡量的基准。

被绿色圈出来的这方小天地，逐渐见不到光亮，竹林里的温度随着最后一丝光线的消失开始变得阴冷。大概是因为骆一舟的威压，山林里没有飞鸟走兽的声音，安静得有点诡异。

于是，向妍肚子叫的声响，显得格外引人注意。

"不许笑！谁笑就绝交！"稍稍觉得有些丢脸，向妍捂着肚子，才开始察觉到肚子饿。

这样子的明令禁止，一点用都没有。

郁冉和辛祁连朋友的虚假情谊都撑不住，直接笑出声。

"好了，我们先送你回去吧。"

在场的除了向妍之外的四个妖族，几个月不进食不休息也没多大关系，在这个时间段真没考虑到向妍的不一样。

钟离感到非常抱歉，尤其是在骆一舟的面前饿着向妍。他似乎已经看到接下去他又要被困在龙湾镇的场面。

"这么晚了。都怪我们不好，没注意到时间。"钟离说，"我先送你回去，等明早再把你接过来。"

为了不让自己饿死在这座山头，向妍点头，爽快地起身："你别着急呀，好好地变成大人。"

"哎，这么比起来，你比我小啊。"

占完嘴上便宜，向妍转身就走了。

骆一舟在传承的第七天，从麒麟和人类之间来回切换，变成了一只体型巨大的麒麟。看样子，过不了几天，就可以成功过渡到成年。

而钟离被黄天师约见之后，带来一个他要暂时离开的消息。

"黄天师带着他的徒弟去实地考察了。娄乐的封印最近破坏得厉害，恐怕撑不了多久，我奉命去修复阵法。"他站在骆一舟七步以外，神色不明，"顺利的话，说不定还能赶在你成年之前回来。"

可是直到骆一舟出关，钟离还是没有再出现。

骆一舟的成年传承是在闭关的第十五天才顺利结束的。

人形的他看上去并没有多大改变，可他却知道，自己的修为比未成年时涨了两倍不止。

向妍已经驾轻就熟地坐在自己开辟出来的专属座位上面，用地上的野花野草编着花环。看到骆一舟睁开眼，她颇为激动地站起身。

辛祁，郁冉，骆金刚，还有……

没有在场的钟离。

骆一舟脸上的笑容微微顿住。

"一千岁生日快乐。不清楚你哪天才可以顺利地变成一个妖界成年人，连这个花环都没有编好，那就将就着戴吧。"向妍将手里没有编完的花环顺手地戴在了他的头上，把光秃秃的那一半藏在后面，其实看上去也还好。

钟离说，麒麟一族把传承的最后一天，当作是千岁的生日。

想到他，向妍的眼神里多了一些难过。

"钟离呢？"

气氛一瞬间凝固住，郁冉红着眼眶："本来是该人员齐整地给你庆贺生日。可是前几日接到事务局的报告，越兮吾从封印之地逃出来了。黄天师、钟离和参加封印的妖族全都不知所终，已经调了其他组去搜寻他们的下落，但目前都没有消息。我问过燕栖山的妖类，钟离的魂灯还亮着。我们俩奉命护在这里，直到你出关为止。"

活了几千年的老妖怪，谁没有几样保命的手段，哪有这么容易就挂掉的。

骆一舟平生第一次这么安慰自己。

"那你们再等一等，等我把钟离带回来，再一起庆祝。"

02

似乎是为了驱散整个房间的安静，电视里放着笑得有点夸张的综艺节目，声音被无端调到最大，声波传到四面的墙壁上再反射回来，堪比环绕音响的效果。

向妍趴在茶几上，对耳边的喧闹充耳不闻，眼睛直直地盯着眼前的两盏小灯。

这是骆一舟怕他离开的日子，她太过于担心，才命人从燕栖山送来的本命魂灯：一盏是他的，一盏是钟离的。

正常的魂灯是蓝色偏紫的焰火，而钟离似乎受了重伤，火焰有点微弱，让向妍好一阵揪心。

"今天骆一舟没事，钟离的火焰比前几天稍微好一些。"

一道稚嫩的声音自沙发一角响起，一个白白嫩嫩的小胖孩探头探脑地出来，红艳艳的几绺发丝被汗水打湿，粘在脸颊一侧。他的黑眼珠滴溜溜地转："每天都要来这么一句，我都听烦了。"

"哪里有每天。就算我每天都在念叨，从早到晚都见不到人影的你又怎么会听烦？"向妍拉着小胖孩藕节般瓷实的手臂，把他拉到身边落座，"你平时撒欢地跑，绑都绑不住你，今天怎么乖乖回来了？"

小胖孩心虚得眼神游离："有吗？我看你一个人在家肯定无聊，就回来陪你了。"

他学着向妍的样子，双手托腮，苦恼地盯着眼前的两盏魂灯："骆川王的魂灯健健康康，二大王看来是遇到了大事，伤到了元气，但应该还是能救回来的。"说完很得意地晃着脑袋，"看吧，鸟变成了人，还是这么聪明有智慧。"

眼前这个小胖孩，就是变成人形的骆金刚。

骆金刚与骆一舟曾经签订过主宠条约。骆一舟成年之后实力大涨，骆金刚作为他的宠物，也得到了一部分好处。在骆一舟离开的一周之后，就突然变成了一个三岁大的小胖孩。

"妍妍。"骆金刚双手捧着肚子，突然扭扭捏捏起来。

"干什么？"

"你有什么家务活让我做吗？"他眨巴着自己的眼睛。

变成人形之后，骆金刚那双很有特色的绿豆大小的眼睛，变成了一双葡萄眼，拿来装可爱，特别管用。

"暂时没有。"

骆金刚变成小孩后，他三令五申让自己的劳动力变得有价值，刷个碗十块钱，扫个地十块钱……这些名头都是他来定。他把这些钱攒着，隔三岔五背着小背包去小区里的便利店买零食。

"那你要不要租我当一次你儿子，陪你逛街什么的。我这么可爱的儿子带出去，肯定很多人羡慕你的。"骆金刚越想越美，"一次，嗯，二十块钱。"

"你啊……"

"你啊，想当我儿子，不光问妍妍，还得问问我啊。"

骆一舟站在身后，双手环胸，看到向妍惊讶的表情，很得意地笑出声。

"你回来得这么悄无声息的，吓到我了！"向妍跑过去，抱住他，"还顺利吗？"

"中间有点磕绊，但还算顺利。"

"钟离呢？"

"他是为了护住黄天师和越兮吾，才不小心被娄乐击中。越兮吾不敢说出真相，最后才告诉我钟离在哪里受伤的。我围着那块地方寻找了方圆十几里地，才发现他。五魂缺三魄，我把他放进龙脉里蕴养神识了。等他好一点，再去寻找其他的魂魄。他那么个人，整天说要出去游历世界，给他逮住一点机会，就真的撂挑子不干了。"

骆一舟想，就算是二魂三魄，也不能游历得太过分，反正离开得再远，也要被带回来的。

这个结果似乎已经是最好的了。

"越兮吾呢？"

"嗬，在医院里照顾着残留一口气的黄天师。"

骆一舟垂下眼，想起越兮吾拦住他，问他为什么对她一直不假辞色？

他也奇怪，为什么越兮吾会认为他们之间的关系能让他可以对她有什么好脸色看？

平时在妖族面前趾高气扬，但换个人看都知道她是虚张声势，没有底气。可，何必这么为难自己，为难别人呢？

骆一舟想不明白，也没必要去想清楚了，反正也是不相关的人，还不如赶紧处理接下来的事情。

因为，向妍长呼一口气，脸上的表情变得冰冷，语气严厉："那骆一舟，曾用名'小黄'，我们是不是要来算算害我打了三针狂犬疫苗的账，和在宠物诊所中帮你垫的医药费了？"

不太习惯向妍的瞬间变脸，骆一舟眨眨眼，有些心虚："其实我在你小时候遇见过你。"

"我知道。"

"后来我咬了你一口。"

"我记得。"向妍笑了一下，"记了这么多年仇，我还想等着报复回来。"

骆一舟望着她，仿佛在思考这么多年都在心心念念等着报仇的向妍是什么样子。

"那时候，我离家出走，第一次，没有任何经验。逃出来的日子并不好过，所以把自己弄得像只流浪狗。"他轻笑了一声，"幸好我遇见了你。本来想在你家陪你长大的……"

　　他的喉咙里仿佛翻涌着什么，继续说："但是，钟离找到了我的踪迹。当时我并不想被他抓回去，可是你一直抱着我不放手。"所以，才着急地轻轻咬了你一下。

　　看到向妍受伤的目光，其实他有些迟疑。最后迫于钟离给他带来的压力，狠了狠心还是选择了离开。

　　"上次我受重伤被你捡到，其实你身上的灵力已经让我缓解过来了。你离开之后，钟离就来把我抱回去了。我也想等你回来的，但我那时候受了重伤啊，我反抗不了钟离的。"

　　稚嫩的童音为钟离打抱不平："所以你现在趁钟离待在龙脉里不知道你在甩锅，就把错全都推到他身上了？骆川王，啧啧，没想到你是这种人。"

　　"是啊，没想到你是这种人。"

　　向妍回忆自己这段时间的提心吊胆，感觉这样子就太便宜地放过骆一舟了。她绞尽脑汁，想要找出其他可以拿出来控诉的证据，却被门口急促的铃声打断。

　　她倨傲地白了一眼留在原地的大小两个男生，潇洒地转身走到门口。

　　门外是一个穿着西装的中年男士，牵着身边的小女孩。

　　"请问，您是骆金刚的妈妈吗？"

嗯，虽然骆金刚提出出租给她当一天的儿子，但她并没有接受。

没等向妍否认，门外的中年男士就看向站在她身后的骆一舟："那您就是骆金刚的爸爸了？"

骆一舟点头，如果向妍是骆金刚的妈妈的话。

"看你们这么年轻，我就委婉地提醒一句，孩子的教育问题，年轻家长一定要重视起来。骆金刚才几岁，人站起来还没桌子高，就敢搂着我女儿说'如果喜欢我就亲亲我'。"中年男士说得脸色涨红，"还说什么，女大三，抱金砖。姐弟恋，很流行……这像什么话！"

难怪今天骆金刚不在外面浪荡，这么早就回家，原来是在外面闯祸了。

"不好意思，我们以后多多教育。"被人上门当面投诉，没有经验的向妍有点不好意思，她慢慢往后移，不动声色地躲到了骆一舟身后，把他推上前，让他解决。

"叔叔，电视里交朋友不都是这样子吗？"骆金刚眨着葡萄眼。

"呃……那骆金刚小朋友，请你以后多看点动画片吧。"投诉完骆金刚的行为，中年男士圆满地退场。

知道自己闯祸的骆金刚，啪地变回了鹦鹉，从客厅里大开的窗户里飞走。

骆一舟不在乎他溜走，回头问向妍："以后我们不要把小孩子养成骆金刚这样子的性格。"

"你怎么就知道以后我们一定会在一起？"

"在你还不知道的时候，我们就早已定下契约，你赖不掉了。"

曾经想过漫长人生会很无聊，还好，未来与你的岁月能一眼望到尽头。

番外

另一个世界，我仍旧爱你

01

高二上学期的开学日，理科尖子（1）班。

这学期才开始文理分班，向妍来班级报到的时间算挺晚的。

一进门口，她扫视了一下班里的同学，基本上高一一个班的都会扎堆坐。来之前她看过学校的分班表，他们原先高一（1）班分到一起的，加她一共有九个。

向妍挑了一个中间靠走廊的位置坐下，这是她的好同桌郁冉特地给留的。

刚坐下，郁冉就凑过来，神秘兮兮地说："听说了吗？"

向妍很配合，尽管知道其他人全都叽叽喳喳，无人关注她们二人，她也仍旧缩着脑袋低声问道："什么？"

"我们班要转进来一个新生。"

喊，浪费感情。

向妍直起身，用正常音量鄙视同桌："拜托！我们现在才刚分班好吗！差不多五分之四全是我们不认识的人，在我眼里，跟转校生也没什么差别了。"

郁冉感觉到听众向妍正在失去谈话的兴致，她赶紧辩解："这不是一回事儿！"

"哪里不一样？"

"颜值不一样。"郁冉嘚瑟地显摆自己的消息网，"我路过教师办公室的时候，听到里面的老师在八卦，说今年转到理科（1）班的学生长得也太好看了吧。"

郁冉生怕向妍没抓住重点，特地强调："理科（1）班！太好看了！你说说，是不是说我们班要转来一个很好看的转校生了？"

向妍对她的分析将信将疑，直到班主任带着一个很好看的转校生走进班级，被激动的郁冉掐得回过神的向妍这才相信她说得没错。

"看见了吧，看见了吧？我和老师的审美很一致，这转校生太帅了！"

确实，说他太帅一点都不夸张。

五官立体深邃，头发被修剪到一个清爽的长度，刘海碎在额前，面庞干净透彻，带着耀眼的阳光走进教室，十分炫目。

向妍艰难地从郁冉手底下挣脱出来，她盯着讲台上的人，奇怪地说："这人长得好眼熟啊，我总觉得在哪里见过。"

"长得好看的人，都很眼熟。"郁冉说，"因为美是千篇一律的美，只有丑才是千奇百怪的丑。"

是这样吗？

向妍狐疑地看着好朋友，勉强地接受了这个解释。

两人说话间的工夫，讲台上的转校生已经自我介绍完毕，顺着老师手指着的方向，走到他被分到的位置上。正好是在向妍的斜后方，坐在辛祁的旁边。

"这位同学，你叫什么呀？"课后郁冉和向妍打着"关爱新同学"的名号，率先搭话，"我叫郁冉，我同桌叫向妍，你的同桌是辛祁。我们高一都是一个班的。"

"骆一舟。我叫骆一舟。"转校生很有礼貌，回人问话的时候，会盯着对方的眼睛看。

而向妍在和他目光对视的刹那，就羞涩得迅速转移视线。那道热辣的眼神仍然聚焦在她脸上，让她的脸颊稍稍有点发热。

她感觉到新同学从进班级的那一瞬间，就一直盯着自己看。向妍胡思乱想，是不是自己哪里不妥当，又或者是，新同学觉得自己合眼缘？

她心神不定，听到辛祁抛出一个问题："你原来学校在哪儿啊？"

"帝都。"

郁冉睁大眼表示惊讶："帝都是大城市呀，你为什么不待在帝都，转到我们学校了？"

骆一舟似乎想到了什么，脸上多了一丝笑容："我要找人。"

"什么人，让你从帝都跑过来？"辛祁好奇。

他们现在还没成年，就算在家里也没有决定自己去留的权利。所以，骆一舟为了找人而转学，在他们看来已经是一件天大的事情了。

"我来找我妻子。"

轻描淡写的六个字，不啻于在原地投了一个原子弹。

辛祁揉揉耳朵，总觉得自己听错了："什么玩意儿？妻子？你开玩笑的吧，同学？"他嗤笑，"想追女孩子就追女孩子嘛，非得说妻子，玩笑开得这么大，吓我一跳。"

可骆一舟就是来找妻子的。骆一舟皱眉。

原本他如往常一样，抱着向妍一起睡觉。可是，当他再次醒来，却发现自己一个人坐在公园里的一条长凳上。他以为自己是陷入了梦魇的圈套，然而他有感觉，能闻到花香，能感知热量。那一刻，他的心没来由地慌了起来。

不是面对未知的恐惧，而是害怕在这里不能找到向妍。

骆一舟跑到自己和向妍生活的小区，却发现那里是一片刚竞标成功的荒地。他找到向妍的舞团，谢天谢地，舞团就在那里，可是却没有一个叫向妍的舞蹈家。

这个世界和以前相差不大，只是他找不到向妍的存在。

向妍同样觉得这玩笑开得有点大，虽然新同学表情相当认真。基于同学爱，她不得不说点什么，好让新同学不至于把天给聊死。于是她问："那你知道你妻子叫什么吗？"

头顶上，上了年纪的吊扇在咿咿呀呀地转动，窗外的知了声吵得震天动地。可这并不能阻挡向妍的耳朵清楚地捕捉到那几个让她惊讶的字眼。

他说："我妻子，她叫向妍。"

有大灰狼要来叼向妍这只小白兔了。

郁冉和辛祁都从对方震惊的眼中，看到了同一种信息。

02

"每天有个人徘徊在你身边，说你未来是他老婆的感受怎么样？"趁着骆一舟被辛祁拉去篮球场跟其他班打球赛，郁冉凑在向妍边上，想要探听好朋友突如其来的感情生活。

向妍有点怂，来回查看身边没有别人，才敢放肆吹牛："鉴于骆一舟是长得帅气高大的小鲜肉，所以冒领别人'妻子'头衔的感觉还不错。"

她站在走廊上，双手捧住脸，眺望远处正在三步上篮的骆一舟，表情并不是很明朗："算了，我不开玩笑。虚假爱情使人堕落啊。说好不早恋的我快撑不住了。"

骆一舟在初来乍到的第一天接连扔出两个炸弹后，就自我催眠地当作大家都接受了他说的事实，一厢情愿地把向妍当作是他的妻子。

于是，"向妍成功地用一天时间把新来转校生追到手"的爆炸性消息从高二（1）班向全校辐射。无数女同学，明里暗里地来询问当事人的追求手段。

向妍矜持地说："大概是因为我的名字叫向妍吧。"

这个理由可以说相当真实直观有道理的。骆一舟就是因为这个名字才把向妍当未来妻子的。

然而，"向妍狂妄地说只是因为自己叫向妍"的消息再次在几小时内散播在全校每个班级里。

郁冉在她身边托着腮，落日余晖透过云层温柔地把这个世界叠加了一层金黄色的滤镜，连她说话的声调都放轻了点："唉，你喜欢他，他喜欢你，不是就好了吗？"

"是这么简单就好了。"

很多年前，在那个不曾经历过太多人生的时候，所有人都觉得，爱情像"1+1=2"的算术题那么简单。

向妍低着头，轻声说："说到底还是占了这个名字的便宜。"

所以就很讨厌啊，为什么偏偏是这个名字？

为什么让这份越陷越深的心动,从一开始就有很多心虚的不确定?

露天球场上的骆一舟正好投出一个三分球，他没有确认篮球是否准确入筐，就果断地转身。若干秒后，周围加油的同学因为这个进球掀起了一个小高潮，而骆一舟在所有人的欢呼中站在原地，他笑得张扬，夕阳在他身后剪出一个颀长的轮廓。

欢呼声后，同学们渐渐安静下来，骆一舟喘着粗气，发鬓的汗水顺着下巴淌下来，他站在球场中间，一举一动都影响着其他人的心跳。

他调皮地挑了下眉，双手比了一个心的形状在原地转了一圈，仍然落在刚才的位置，正对着向妍的方向。然后，在裁判老师和所有人的目光下，他隔着大半个操场，喊得震耳欲聋："送给你！"

我的得分，我的欢呼，我的荣誉，我的心跳……

但凡我有的，全都送给你。

他得意地扬着嘴角，珍惜这一次陪她度过校园时光的日子。

"这一波很溜啊。骆一舟绝对是校园小说里走出来的男主角了。"郁冉并没有听到向妍说的最后一句话，她纯粹为好朋友开心，所以笑着碰了碰向妍的肩膀。

"讲真，很满足我的虚荣心。"向妍下定决心，拿出了十六年来最大的勇气，"等一下我就去跟男主角解决一下真假女主角的问题了。要不然，我可能会变成小说里的恶毒女配。"

她像是个自欺欺人的傻瓜。

明知道不是自己，仍然一脚踩进了骆一舟的旋涡。

骆一舟给她描绘的感情太过美好，每一次的心动，都会让她想起初次吃到棉花糖的感觉。

可她只拥有那一次的棉花糖，所以吃一口，就害怕下一口它就吃光了。

03

距离上次说找骆一舟谈谈，已经过去了三天零一个小时。

向妍忐忑地从图书馆跑出来，穿过一条回廊，走过两栋实验楼，站在多媒体大厅外的墙根处。走过转角，就可以看到后头小矮坡上坐着的骆一舟。

悄悄地站了很久，两个念头在脑海里不停地对峙争辩，她咬着嘴唇皱着眉，整张脸挤成很纠结的姿态，脚步游移不定，不知道上前还是撤退。

古人说的都是对的呀，一鼓作气再而衰。

三天前还信誓旦旦说要亲手打破美梦的气势，现在已荡然无存。她像是一个盲目相信好运会永远站在自己这边的赌徒，坐在赌桌上迟迟不愿离去。

算了吧，再给自己一天时间。

　　这么想着，向妍踮着脚，想偷偷地离开这里。

　　"你偷偷摸摸想干吗去？"

　　骆一舟不知道从什么时候开始就站在她身旁，看着她上一秒握拳打气，下一秒又无精打采地来回切换表情。

　　"大概是想再去做梦吧。"

　　"嗯？"

　　"现在，突然想胆大包天了。"

　　向妍一咬牙，情绪激昂地把不设防的骆一舟推到墙角，她两手分别挡在他身侧的墙上，以防骆一舟听到一半就走人。虽然两个人身高差距明显，但这并不影响抬头仰视骆一舟的向妍，一脸"霸王硬上弓"的姿态，恶狠狠地表白："骆一舟，我确定我很喜欢你。"

　　他居高临下，想把眼前表白得无比嚣张的这个身影刻在心里，留到以后的几万年去慢慢回忆。

　　"我知道。"

　　无论是十六岁，还是那时候二十四岁，你喜欢我的时候，眼睛一直是闪闪发光的，像掺了漫天星辰那样好看。

　　向妍对这个回答很不满意。可是先表白的人得吃亏，她今天就得委屈点。

她撇撇嘴，含糊地抛出一个问题："那你到底喜欢哪个向妍？"

问完后，她偷偷瞄几眼骆一舟，又匆忙把视线瞥到另外一处。除了耳朵很仔细地支着，想第一时间听到回答之外，她假装出来的不在意，演得很到位了。

被她困在两手之间的骆一舟，在另一个世界错失了向妍学生时代的骆一舟，第一次见识到她这一面，像是找回了失而复得的宝贝，他高兴得喉咙间发出好听的轻笑声，看到向妍立马变红的耳尖，笑声逐渐加大，笑得向妍有点气急败坏。

她抬头对上骆一舟的笑眼，指控说："你这样对我的表白，一点都不严肃！"

她怕骆一舟是在嘲笑自己不自量力的质问，于是恼羞成怒，少年的自尊让她决定挽回自己最后的那点骄傲——"我不喜……"欢你了。

"可我喜欢你。"他把向妍想说的话拦住了，右手轻柔地覆在她头顶，"不，不够。我爱你。"

向妍有些错愕，愣在原地，傻乎乎地盯着他，试图找出一丝一毫能辨别真假的线索。

年少的时候，很少会说"爱"，怕程度太深，彼此都担不起这个字。可他说得庄重，她听得认真，就真的觉得，这一生会遇到的爱情，已经放在她手里了。

"我不知道你信不信前世今生或者平行世界，总之，我很贪心，想要存在的每一个你，都可以让我爱你。"

这一世，没有妖魔鬼怪，向妍父母健在，她的生命里无痛无灾，平凡却安全得像其他每一个普通小女孩。她不知道今天的骆一舟有多开心，为向妍可以成为这样的一个胆大不蛮横、恣意不妄为的小姑娘。

明明已经十月，阳光都没力气像前段时间那么猛烈，可这天傍晚的余晖除了将整个天际染成一片粉红，还顺手捎带上了她的脸颊。

她不断地在心底重复骆一舟的告白，来不及细究他的话里是否蕴含着其他意思，瞳孔里的笑意再也藏不住，就像在微风里扬起的发梢，克制不住地想跳舞。

跟人表白也没什么难的嘛。向妍得意扬扬，收回企图禁锢住骆一舟的双手，却因为维持同一个动作的时间有点久，脚突然麻掉，她收回手臂力量的支撑，整个人一下子找不准重心，又往骆一舟的身上扑过去。

"咚"的一声，是脑袋撞到他胸腔上的声音。

而不远处传来的几声压抑的惊讶，是碰巧路过围观的同学发出来的。刚才的动作很容易被人误认为是向妍扑进骆一舟怀里。

见她们的动静吸引了贴在一起的两个人，同学们难为情地转身就走，轻风中飘散着她们滔滔不绝的讨论声。

"没想到向妍这么主动。"

"学到了学到了，见着喜欢的男生，就是得硬上弓。"

……

向妍捂着撞得有些疼的地方，准备从他的怀里撤出来，去跟那群明显误会了的女生解释一下。她不想明天全校又流传着她"强咚"了骆一舟的传闻。

可骆一舟没给她这个机会。

他右臂一弯，把她稍微离开的脑袋重新按在自己的胸口，左手刚好轻轻搭在她的背上。

"哎哎哎，你放开我，我得去挽回一下我的清白。"

"可刚才是你主动的，她们说得没错。"

"那只是意外！"

骆一舟笑得胸腔震动："可你喜欢我是事实啊。"

好吧，他说得没错，向妍消停地保持着这个拥抱的姿势。

他的心跳沉稳有力，就是稍微急促的速度恰好和她的频率吻合，扑通扑通，听起来好像是在对外发送密码。

可能是在说"我喜欢你"。向妍眯着眼，不容置疑地给它赋予了一个解码。

小 花 阅 读

【愿望花店】系列

《鹦歌妍舞》

拾差 著

标签：妖王和舞蹈演员 | 多嘴鹦鹉 | 建国前都成精了 | 全妖族都等着妖王娶媳妇

内容简介：

人类舞蹈演员向妍，初见骆一舟时，觉得他是自己前半生见过的最好看的人。

但第二面，她就给骆一舟打上了一个"只可远观"的危险标签。

向妍归国，辗转回到家乡小镇，却发现骆一舟也在镇上诊所当医生，还被外婆撮合跟他之间的关系。

生命中出现一个骆一舟，就像是打开了一道玄幻的大门。

直到有一天，向妍发现，骆一舟是妖王，他的宠物是成了精的鹦鹉……一切开始变得不同。

《问你可以不可以》

狐桃君 著

标签：一把专属小镰刀 | 引路者大人今天也不高兴 | 没有过去 | 预知未来

内容简介：

"你打算怎么赔偿我？"傅筠来抬眼似笑非笑地看着她。

辜冬暗暗吐槽：你莫名其妙用我割草，还问我怎么赔偿？还有没有天理？我不是威风凛凛的狩猎镰刀吗？

傅筠来啧一声，苍白的嘴角微微向上扬："你本就是我的镰刀，我用你割草不行吗？不是物尽其用吗？"

辜冬呆愣愣地想：你知道我在想什么？

傅筠来抬手敲了她一记，慢条斯理地说："当然。"

辜冬崩溃：到底什么时候才会彻底恢复过来，当一把不能说话不能动的镰刀好憋屈！！！

《珍珠恋人》
山风　著

标签：一串神秘的珍珠项链 | 灵异事件 | 阴谋爱情

内容简介：

"这串珍珠项链里，有另外一个世界，叫作珠界。"

"每一颗珍珠里面同时住着珠灵和恶魂，珠灵为善，恶魂作恶，相互约束，以制平衡，同时又镇守珍珠界一方。"

身为最后一位守珠人的朱辞夏，戴着一串摘不下来的珍珠项链，在玉盘镇守着奶奶留给她的珠宝楼。

而围绕在她周围发生的一连串灵异的死伤案件，全都与那个珍珠传说有关。

被措手不及的意外压得喘不过气的生活里照进一丝光亮，是从甄宥年出现的那一刻开始。

《遇见他的那间花店》
江小鸟　著

标签：花店不卖花 | 搞不清楚自己到底是个什么妖 | 客人，这个真的不可以

内容简介：

洛浮经营着一家交易魂灵与愿望的花店，走进店里的人都有着各自的执念。

她从未想过自己的店里有一天会来一个干干净净，什么味道也没有的客人，而且客人还一口咬定，说是来相亲的！

更让她没想到的是，沐辰其实是个除妖人，根本就是为了寻灵根而来。

沐辰表示：灵根是我家的，你既然离不得它，那么，你这辈子也没办法离开我了。

洛浮：？？？

图书在版编目（CIP）数据

鹦歌妍舞 / 拾差著. -- 贵阳：贵州人民出版社，
2018.1
ISBN 978-7-221-14602-1

Ⅰ.①鹦… Ⅱ.①拾… Ⅲ.①长篇小说－中国－当代
Ⅳ.①I247.5

中国版本图书馆CIP数据核字(2017)第331478号

鹦歌妍舞

拾差 / 著

出 版 人：苏　桦
出版统筹：陈继光
选题策划：大鱼文化
责任编辑：潘　媛
特约编辑：雪　人　采　薇
装帧设计：刘　艳　米　籽
封面绘制：是蜗牛吗
出版发行：贵州人民出版社（贵阳市观山湖区会展东路SOHO办公区A座
　　　　　邮编：550081）
印　　刷：长沙鸿发印务实业有限公司（长沙黄花工业园三号 邮编410137）
开　　本：880×1230毫米 1/32
字　　数：173千字
印　　张：9.125
版　　次：2018年2月第1版
印　　次：2018年2月第1次印刷
书　　号：978-7-221-14602-1
定　　价：32.80元

贵州人民出版社微信